U0106902

馳騁梨園
道堂

生生不息薪火傳

粵劇生行基礎知識

阮兆輝 著

梁寶華 编

目錄

【第三章】毯子基本功

【第四章】做手・身段

【第五章】龍套・程式

【第六章】唱腔基本功

【第九章】學藝感言

附錄：

【第一章】

緒言

再版序：繼往開來

《生生不息薪火傳：粵劇生行基礎》由香港教育大學博文及社會科學學院於二零一七年資助出版，承蒙讀者厚愛，出版後頗受歡迎，因此天地圖書公司決定再版，筆者感謝出版社的全力支持。

二零一八年五月，教大博文及社會科學學院成立粵劇傳承研究中心，筆者忝為總監，遂矢志為香港粵劇界和教育界搭建一座溝通的橋樑，讓現職和受訓的教師學習和接受粵劇，並把所學傳授予學生，希望能培養一批對粵劇有認識的觀眾，才能令粵劇真正得以傳承。因此，筆者夙夜匪懈，自中心開幕以來，致力發展各項研究和計劃，包括設立中心的網站以提供有關中心和香港粵劇發展的信息和教學材料、在二零一九及二零二零年為粵劇營運創新會於沙田大會堂的粵劇同樂日舉辦粵劇講座、並獲邀為廣州星海音樂學院之「粵劇文化傳承與實踐協同創新中心」的合作機構。中心為了長遠發展，於二零一九年六月於西九龍文化區戲曲中心舉辦兩場粵劇／粵曲晚會，把多位名伶、唱家、票友和少年粵劇學生拉到同一舞台，共同展演他們的藝術造詣。

在學術研究方面，我們在二零一九年十二月與戲曲中心再度合作，合辦「粵劇與傳統音樂傳承國際論壇二零一九」，一共有十四個專題講座、三個圓桌討論，和四個兒童粵劇團的折子戲演出，並於二零二零年四月出版《粵劇與傳統音樂傳承國際論壇二零一九論文集》。筆者於二零一九年六月第三次獲大學教育資助委員會屬下研究資助局的優配研究金，現正進行該項名為「文化教育作為國民教育：透過學習粵劇發展香港和廣州學生的中國文化身份認同」的研究。另外，筆者另一主編作品《香港文學大系一九五零—一九六九：粵劇卷》亦於二零二零年六月出版，從文學的角度看粵劇劇本如何反映香港在五十到六十年代的各種面貌。在可見未來，中心將致力於予粵劇傳承研究工作，正如《生生不息薪火傳——粵劇生行基礎》的書目，把粵劇生生不息地傳承下去。

梁寶華

序言：計劃源起

認識阮兆輝先生是在多年前邀請他到當時的香港教育學院（現稱香港教育大學）講課。輝哥予人的印象是沒有大老倌的架子，和藹可親，而且對粵劇的知識淵博。自此便經常邀請他到學院講學，讓學生一瞻他的風采。二零一二年，教院頒發榮譽院士予輝哥，讓我們有更多的機會合作推動粵劇的傳承和發展。能夠認識如此一位粵劇老倌，是我的榮幸。

基於對粵劇的熱愛，我早在一九九七年初便開始在學院開辦一個粵劇欣賞的通識課程。二零零零年前後，教育局的藝術教育組在教育和課程改革中鋭意加入本地和中國文化，因而大力推動在中小學音樂課程中發展粵劇；我亦因緣際會，參加了教育局的一個粵劇課程發展小組的工作。二零零九年，我邀請輝哥擔任由優質教育基金資助的中小學粵劇教學協作計劃的顧問，他一口應承；另外，他也是教院所舉辦的兩次國際粵劇研討會的主講嘉賓。

在我任教的粵劇通識課程中，教育學生成為優良的觀眾是我的主要目標。粵劇的四功：唱、做、唸、打是認識粵劇的基礎知識。我發現要讓學生學懂欣賞粵劇，一些歌唱和音樂的知識我還是可以通過自身學習而教授；然而有關身段動作的名稱、含義和標準等，我便未能勝任。而坊間有關的文獻和影音資料方面十分有限，因此，我便產生了一個念頭，就是希望能夠邀請一些富經驗的老倌親身示範一些基本的身段動作，並以錄像拍攝和分門別類地記錄，讓學生們容易學習。邀請有份量的老倌是必須的，當然，輝哥便是我的首選了，因為他樂意為粵劇的傳承而貢獻，而且他也是南派粵劇中寥寥可數的香港老倌之一，是廣受歡迎的香港粵劇演員，他的參與大大增強這個計劃的認受性。

《生生不息薪火傳——粵劇生行基礎知識》是由香港教育大學博文及社會科學學院資助出版的書籍，本書的出版也是學院的「香港粵劇的傳承和可持續發展」研究和知識轉移計劃的一部份，其中包括邀請阮兆輝先生計劃並拍攝一系列的粵劇生行的身段動作和排場，並加上擊樂和音樂拍和，與其他演員合作演出。除了身段動作外，輝哥亦分享他對演唱和演戲的經驗和心得，並輯印成書，附上光碟，讓學習者可以透過文字和錄像資料自學，並明白作為粵劇生行的演員必須學習的基本功。我們期望本書可以為香港粵劇提供一份有參考價值的文獻，讓正在學習粵劇並將會成為專業演員的學習者參考，讓觀眾加深對粵劇的認知並提升對演員的要求和期望，從而提升演員的表演水平。另外，本書所拍攝的身段動作亦成為由本人、香港教育大學評估研究中心總監莫慕貞教授及台灣國立臺中教育大學郭伯臣教授合力推動的一項相關研究——「粵劇生行身段要訣：電腦化自動評估與學習系統發展計劃」的一個基礎，我們將利用科技，為粵劇教學提供一個即時回饋的電腦系統，讓學生在平時練習身段動作時，缺乏老師的指導下，仍然可以得到學習上的幫助。

本書得以出版，除了感謝輝哥之外，也要感謝香港教育大學博文及社會科學學院院長鍾慧儀教授和副院長（研究與發展）周基利教授的大力支持，莫慕貞教授和郭伯臣教授的協作，研究員劉志勇先生、林思明小姐、鄭重言博士、吳振瑋先生、陳仲賢先生、朱金鑫博士、陶潔瑩小姐及郭嘉榮先生的貢獻。

梁寶華

序言：潤物細無聲

未開始拜讀此書，已經被主題：《生生不息薪火傳——粵劇生行基礎知識》深深感動。生生不息，道出作者，粵劇名演員阮院士兆輝先生BBS，對粵劇那份矢志不渝、追求卓越的赤誠，而薪火相傳更清晰表明阮先生畢生以弘揚粵劇、振興道統為己任的堅定心志。

《生生不息薪火傳——粵劇生行基礎知識》記錄阮先生親身示範的粵劇生行基本功、做手身段、唱腔等，以及由阮先生詳述的各種粵劇基礎知識、常見的粵劇術語，以至戲行規矩與禁忌等彌足珍貴的資訊，全部經過系統性的整理，透過一系列相片、影片及文字呈現在讀者眼前，圖文並茂，內容極之豐富，恰如一部粵劇生行小百科。

在此不得不提由阮先生聯同香港教育大學文化與創意藝術學系系主任兼博文及社會科學學院副院長梁寶華教授、台灣國立臺中教育大學郭伯臣教授及筆者合力推動的一項相關研究——「粵劇生行身段要訣：電腦化自動評估與學習系統發展計劃」。這項研究乘着香港近年電子教材普及化的優勢，應用三維肢體感應技術於傳統粵劇身段教學，以期透過電子科技、動態影像以及為學習者提供即時回饋，提升粵劇學習者的自我學習效能、自我改善能力、學習動機和學習成效，為本港及世界各地的粵劇教學帶來革命性的突破。阮先生親自為「粵劇生行身段要訣：電腦化自動評估與學習系統」內每一個生行基本身段拍攝教學錄像，並細心指導研究團隊分析各動作之關鍵，協助團隊訂出評分標準。《生生不息薪火傳——粵劇生行基礎知識》一書與他朝完成之電腦化自動評估與學習系統，可謂互相輝映，對粵劇傳承、教育及發展帶來巨大且深遠的貢獻。

粵劇是先祖留給我們的珍貴文化遺產，粵港澳三地政府透過中央政府共同申報，於二零零九年九月獲聯合國教科文組織列入《人類非物質文化遺產代表作名錄》，承傳粵劇的重要性可見一斑。雖然在現今香港，粵劇已不復當年鼎盛風光，唯經過阮先生多年努力推動，言傳身教，越來越多年青學子參與學習，阮先生這本著作，進一步為粵劇卓育菁莪，對啟迪後進有實際的功德。而梁寶華教授的編纂工作，亦功不可沒。

本書以深入淺出的表達方式，為粵劇生行基礎作精緻詳盡的解說，不單值得吾人典藏，書中蘊含的豐碩資料，對於研究粵劇更是不可或缺的資源，有利於推動相關研究，讓粵劇生生不息，更創高峰。

莫慕貞

撰序者簡介：

莫慕貞教授現任香港教育大學心理系評估與評鑑講座教授及評估研究中心總監。莫教授在香港中文大學取得理學士學位、在格拉斯哥大學取得理學碩士銜及在香港大學取得教育哲學博士學位，於一九九九年八月加入香港教育大學前，曾於一九八九至一九九九年擔任澳洲麥考瑞大學高級講師。她的主要研究範圍包括評估及自我主導學習，由其研究團隊發展的「情意及社交表現評估套件I－II」現已獲香港中小學廣泛使用，為學校的持續發展提供參考。莫教授的研究著作超過一百篇，並得到國際期刊、書籍、會議廣泛刊載。她為國際期刊《Educational Psychology: An International Journal of Experimental Educational Psychology》（Taylor & Francis）擔任主編，也是教育科學研究期刊及《International Journal of Self-directed Learning》編委成員。莫教授於公務以外，亦積極參與本港和海外政府、辦學團體等多個高級別委員會，有關教育政策及研究議題的討論。

序言：粵劇薪傳

非物質文化遺產是當今世界極為重要的文化議題，可謂萬眾矚目，同時認定了需要保護與傳承的文化瑰寶。二零零一年聯合國教科文組織公佈第一批十九項「世界非遺」（正式的官方稱呼是「人類非物質文化遺產代表作」），其中列入了中國的崑曲、日本的能樂、印度的梵劇，二零零三年又公佈了二十八項，其中包括了中國的古琴、日本淨琉璃文樂木偶戲、蒙古馬頭琴，二零零五年公佈了第三批四十三項，其中有新疆維吾爾木卡姆、蒙古族長調、日本歌舞伎、韓國江陵端午祭等。第四批「世界非遺」延遲到二零零九年才公佈，可能因為拖延了四年之久，便一次公佈達七十六項之多，其中包括中國的二十二項：中國端午節、中國書法、篆刻、中國剪紙、雕版印刷、傳統木結構營造技藝、媽祖信俗、中國蠶桑絲織技藝、福建南音、南京雲錦、安徽宣紙、貴州侗族大歌、廣東粵劇、《格薩爾》史詩、浙江龍泉青瓷、青海熱貢藝術、藏戲、新疆《瑪納斯》、蒙古族呼麥、甘肅花兒、西安鼓樂、朝鮮族農樂舞，真是洋洋大觀，漪歟盛哉。

廣東粵劇在二〇〇九年列入聯合國《人類非物質文化遺產代表作名錄》，是香港地區唯一列為「世界非遺」的項目，比第五批列入的「京劇」還早一期，儼然成了世界非遺名錄的前輩師兄，傲視慈禧太后最鍾意的皮黃，倒是廣東人在文化傳承上得以自豪的。

然而，認真說起粵劇傳承的現狀，從傳統戲曲核心的「四功五法」來看，有些在當今舞台搬演粵劇的演員，卻經常不守規矩，缺少科班訓練的基本功底，站沒站相，坐沒坐相，連飛腳、旋子都打不好，更別提絞紗（烏龍絞柱）與搶背了，真是頗為令人擔憂。其實，我並不是粵劇的行家裏手，自己也不曾唱過粵劇，沒有資格批評舞台上唱做翻騰的演員。以上的批評，是京崑梆子名家裴艷玲與粵劇大老倌阮兆輝討論粵劇傳承，如何培養演藝人才之時，親口說的。裴艷玲甚至說，觀賞粵劇演出，要閉着眼，聽聽還可以，一睜開眼，啊呀，不能看啊。這些老藝人的批評與擔憂，其實是恨鐵不成鋼，希望粵劇演員加強基本功的訓練，以期在唱腔與身段方面，能夠展現肢體與聲音的精粹技藝，呈現粵劇藝術的優美範式，達到內行心目中的唱作俱佳標準。正式的舞台演員必須練好基本功，「唱唸做打」缺一不行，「手眼身法步」樣樣合乎規範，才能在掌握戲曲程式的基礎上，展現戲劇要求的表演藝術，否則只是票友風範，讓自己與親友粉絲們過一把癮，不能傳承粵劇傳統的藝術精神。

最近收到阮兆輝（輝哥）寄來的文稿，是專論粵劇「四功五法」的《生生不息薪火傳——粵劇生行基礎知識》，主要是有感於現代的粵劇演員疏忽了基本功，想為粵劇發展再盡一分助力，把一生從事的「生行」知識，以圖文對照的方式，清清楚楚展示給學習粵劇的青年演員。他在這本書裏，「講述生行如何練功，如何做戲，要注意些甚麼東西，怎樣運用出場的鑼鼓，還有龍套教材、排場、程式及唱科的基本知識。」循循善誘，諄諄解説，把他舞台演藝六十年的寶貴經驗，毫不藏私，兜翻箱底道出，真是金針度人的菩薩心腸。

輝哥要我為這本書寫篇序，讓我忐忑不安。我是粵劇的外行，怎敢説三道四，在粵劇演藝這個領域置喙，但是想到粵劇已是「人類非物質文化遺產代表作」，需要所有的人熱心支持，參與保護與傳承的工作，讓這項光彩耀目的非遺更為燦爛光大，也就斗膽在這裏説幾句。這本書的關鍵，是希望粵劇能夠生生不息，薪火相傳，就要求從事粵劇演藝的人們練好基本功，站有站相，走有走相，要練好毯子功、把子功，要學會梆子與二黃的傳統，要體會薛馬桂白四大流派的傳承，有了根底，便能夠就自身的才具來發揮，進行演藝藝術的提升。如此，則粵劇藝術可以傳承，可以發展，可以無愧於聯合國標橥的「人類非物質文化遺產代表作」。

鄭培凱

撰序者簡介：

鄭培凱，臺灣大學外文系畢業，耶魯大學歷史學博士，哈佛大學博士後。曾任教於紐約州立大學、耶魯大學、佩斯大學、台灣大學、新竹清華等校，一九九八年到香港城市大學創立中國文化中心，任中心主任，推展多元互動的中國文化教學。香港非物質文化遺產諮詢委員會主席，香港中華學社創社社長，二零一六年獲頒香港政府榮譽勛章。

兼任香港藝術發展局顧問、康樂及文化事務署博物館專家顧問、港台文化合作委員會委員、浙江大學中國文化客座教授、復旦大學文史研究院學術委員會員、逢甲大學特約講座教授、中國絲綢博物館理事。

著作所涉學術範圍甚廣，以文化意識史、文化審美、經典翻譯及文化變遷與交流為主。著有《湯顯祖與晚明文化》、《湯顯祖：戲夢人生與文化求索》、《在紐約看電影：電影與中國文化變遷》、《吹笛到天明》、《流觴曲水的感懷》、《茶道的開始——茶經》、《茶餘酒後金瓶梅》、《行腳八方》、《迷死人的故事》、《雅言與俗語》、《品味的記憶》、《在乎山水之間》、《口傳心授與文化傳承：非物質文化遺產：文獻，現狀與討論》、《文苑奇葩湯顯祖》、《裊晴絲吹來閒庭院》、《逐波泛海：十六十七世紀中國陶瓷外銷與物質文明擴散》、《中國歷代茶書匯編（校注本）》（合編）、《The Search for Modern China: A Documentary Collection》（合編）等。

序言：藝以人傳

相信大家都聽過「藝以人傳」這句話，其實「藝以人傳」的意義，是當年有人亡藝亡的觀念，故此當藝人在世時，大多數人都欲拜之為師，恐他一旦離世，他的藝術便失傳了。但近數十年間，因科技進展一日千里，影音的攝錄技術神乎其技，使人覺得藝人在世時最重要是錄下他的演出，便不論唱、做、唸、打都能有繼承了。表面看故是如此，但有否聽過「看回來的，偷回來的，學回來的，練回來的」分別呢？我們靠着錄影、錄音的科技學藝，我不敢說一定不成功，但是否能得箇中三昧則不得而知了？我為甚麼這樣說？這是我的經驗告訴我，年青時看了前輩的演出，自己就照板煮碗，自以為學到了，誰知只是皮毛，除非有名師找到了其中點子，指點你如何模仿，否則最多也只是做到形似，極難神似，因為你不知他為甚麼要如此演？他演出時心裏的點子在哪裏？他有甚麼體會？有甚麼目的？還有就是他從哪裏受到啟發，才有這樣的結果，這一切一切都是口傳身授才能得到的，但現在一切都改變了。教的心態、學的心態都改變了，我又能怎麼樣呢？

想來想去就只有將我從前輩身上學到的，盡力留下來。有人想學嗎？我沒想過，我只是覺得這是我的責任，很多前輩不是欠了我的，他們為甚麼將千辛萬苦練回來的東西，輕易的去教我呢？他們就是想我輩能繼續傳下去。當年我學藝時，雖未盡明其中道理，但也感覺到無形中有着使命感，現在當然更明白，所以我必須將這幾十年學到的、聽到的、看到的，都毫不保留地拍攝了。我自己因年齡問題已做不到的動作，便請我認為適當的朋友，為我們示範。有甚麼要注意的，有甚麼絕不能錯的，不敢說是心得，但也是數十年經驗累積得來的，更要聲明，我們粵劇是有很多流派，我懂得的相信是大路的而矣。

我不希望有人拿着我這心意與人執拗，此實非我願也。我們這一行應該集思廣益，各門各派也要涉獵，能收各家之長，才是最佳的選擇。

阮兆輝

開篇感言

告訴大家，為甚麼要做這個《生生不息薪火傳——粵劇生行基礎知識》講解粵劇「生」行基本知識呢？因為「生」行有很多東西是必須知道的，不但是「生」行，凡是戲曲演員都應該知道的。不過我發覺大家好像疏忽了，可能老師沒教，可能學生沒記在心，所以我有必要認真地提出來與大家研究。

在這裏，我會講述生行如何練功，如何做戲，要注意些甚麼東西，怎樣運用出場的鑼鼓，還有龍套教材、排場、程式及唱科的基本知識。大家聽完之後，最緊要記着一件事，你不是看完這個教材，便學識做大戲，因為我是講述一些你們要注意的事，或是原則性的東西，並不是你看完這個教材之後，就完全通曉粵劇，或者知道如何去做粵劇。在這裏，我只是以六十多年的經驗與大家分享而矣。

我所講的東西，我所做的示範，並不一定是金科玉律，因為戲曲行每一個行當都有不同的派別，不同的教法，不同的做法，不一定是某個人的做功就是標準。希望大家學戲之餘，找到適合自己條件的做法，這才是最重要的。現在我把學得來的東西和大家分享，請大家嘗試找找當中可有合用的東西。

原本我希望每一個項目都是由我親自示範，不過以我現在的年紀，恐怕做出來的動作，部份已經達不到標準了，所以我邀請了蔡之崴老師為我們示範毯子基本功；我又邀請了何家耀老師和我示範南派的對打，因為他對南派非常熟練；槍法方面，我向周振邦老師請教了北派的槍法。在這裏，我想向這幾位先生說一聲多謝。

阮兆輝

【第二章】

粵劇生行習藝心得

站相

【企】

「企」是生行一個重要的基本功，現在很多人都忽略了。我們要求企要直，頭頂要向上頂，膊頭要向下壓，收緊臀部，腰要伸直。

【丁字步】

「企」其實是很重要的一環，很多前輩教我們「站丁行八」，即是企的時候是丁字步，行的時候就行八字，但我們許多時企的時候都會是八字，這要看角色及穿戴而定。

站相

【單舉手】

單舉手必須注意要壓住膞頭。

【雙舉手】

雙舉手必須注要的也是要壓住膊頭，不可以抬起膊頭。

指法

【初學的指法】

這是初學的指法，手指由鼻尖落心口出。

【一般的指法】

「指」是戲台上常見的動作，眼一定要跟着手。

指法

【小生的指法】

小生的「指」是用單指指出去的。

【小生指連上步】

這個是小生指連同上步一齊示範的動作。

指法

【攤手】

我們做「攤手」這動作時，一雙眼睛起初都是跟着其中的一隻手。

【薛派攤手】

這個好像打開書本的「攤手」是一代宗師薛覺先先生的薛派攤手。

【洗面拉山】

這一式是廣東的洗面拉山，拉山是要由鼻尖落心口出，開門見山，眼要跟着手。拉了山之後，兩隻手的形狀好像一個「山」字就是正確。

【雲手拉山】

這是京班的雲手拉山，眼都是跟着手的。

步法

【走圓台】

即京班用語的「跑圓場」，走圓台是中國戲曲演員，不論任何劇種，不論任何行當，都一定要練的基本功，每日必須練習。走圓台是指演員在台上繞圈行走，代表走一段很長的路程，是舞台上常見的表演程式。

順圓台是指反時針方向，由舞台的右

示範片段 2-3-1

方向左方繞圈行走，反圓台則剛好相反，順時針方向，由舞台的左方向右方繞圈行走。走圓台的規條是身子不得前後俯仰，不得上下跳動，不得左右傾斜。走圓台除了練腳步外，還要練習兩隻手的平衡，兩隻手不可高或低。

步法

【行（慢）】

練習「行」一定要注意那一隻腳是重心腳，起步那一隻腳一定不是重心腳，臉向着起步那隻腳，每一次都如是。

【行(打圈)】

練習「行」要練到收放自如，即是說那隻起步的腳任何時候都可以暫時不落地。第一要配合鑼鼓的節奏，第二要配合自己的服裝的擺動方位，所以練的時候就要練打圈。

【行（叉腰）】

這是練習「行」的另一方式，首先叉着腰，一步一步的行，後面跟上來的腳要落在前腳的前方。

【行（單手）（右手）】

這個都是練習「行」的方式，但是單手叉着腰，另一隻手是搖擺的。

【行（單手）（左手）】

這個都是練習「行」的方式，但換了右手叉着腰，左手搖擺。

【行（雙手）】

這都是練習「行」的方式，是雙手搖擺的練習方式。

要注意身體不可以前俯後仰或向兩邊傾斜。

步法

【行（老生）】

行台步，我們叫做踩身型，是最基本的訓練。這個示範是老生的「行」，當然要配合人物的塑造。

【醉步、病】

有一次我當文武生演出《紫釵記》的時候，飾演崔允明的演員在演完後問我：「我剛才演那個崔允明，病得似唔似呀？」我說：「唔似！」他問：「點解呢？我做了很多功夫下去。」我說：「你唔似病，你似飲醉酒。」原來「病」與「醉」是很難分的。

【行（醉步）】

醉步，顧名思義就是飲醉了酒。飲醉酒的人不會認飲醉，總是以為自己可以行回家，但行來行去都行不到直線。總是交叉腳，打酒嗝，又瞇起雙眼，這樣才可以表現出醉態。

【行（病）】

病步與醉步不同的地方，病步不是兩邊搖擺，而是向前行，很艱難才可以提起腳行一步，而且一定要喘氣，想要找東西來撐持，但又找不到，腰骨又痛，這樣才可以表現出病態。

【弓箭步】

直的那隻腳是箭步，曲的那隻腳是弓步，故稱為弓箭步，弓步的膝頭要對着腳尖。

【弓箭步（起立）】

大家都知道這個動作是弓箭步，前弓後箭，落去容易，如何起身？如果你拖着箭步來起，就會給人拖泥帶水的感覺，所以弓箭步的起立是要由重心搖起。如何由重心搖起呢？是在弓步搖起，先搖落去再搖上來，千萬不要在箭步拖着起身，會十分難看的。

【弓箭步（箭步）】

我在練弓箭步的時候，有一個規矩，就是弓步的腳，膝頭要對着腳尖。箭步則有幾個派別，有的箭步是腳掌向內，因為這個姿勢比較穩重，不易搖擺。另一個是箭步的腳掌向外，較好看但容易搖擺。還有蓋派，蓋叫天先生的箭步是很奇怪的，箭步那隻腳的腳掌有少許反起，令箭步看起來有少許弧度，這是他的特色。

步法

【七星步】

七星步是廣東班最基本要練習的步法。練習的時候是行七步，第一、二、三步向右前方，第四步是開步，第五、六步開始後退，做成一個橢圓形，最後第七步站回原來起步的位置。怎樣練習「七星」？有些人放一張椅或櫈在中間，圍繞着那張櫈行，行到第七步回歸起步的位置。練習「七星」有甚麼好處？戲台上若有兩位穿了大靠的演員互相過位時，彼此的背旗都不會碰撞。演出時，演員可因應舞台的大小和演出需要而增加步數，一般是單數步。

【抬腿】

大家都知道抬腿是起單腳，我們不是要求膝頭高，而是要求腳掌高。以前我們練功時是在腳掌上放一杯茶，當然你練得好就可以放得時間長些，練得不好，就很容易跌，不過我們是用這個方式去練，所以抬腿的腳是看腳掌的地方，不是看膝頭，大家要小心注意。抬腿動作亦要注意兩隻手的對稱。

示範片段 2-3-5

【退後】

退後時，不可前俯後仰，或向兩邊傾斜，更不可以上下跳動。

【走八字】

練腳步除了一步一步走之外，還要練習走圓台。練習走圓台之餘，一定要練習走這個阿拉伯的「8」字，因為這一個「8」字是非常有用。在很細小的地方，你的腳步好，就會顯得你非常靈活。

身型

【圓（對稱）】

連串的動作，就要練習對稱。雙手向上的對稱，上下手的對稱，背手都是要對稱，向外的對稱，一手向內，一手向外的對稱。

身型

【坐】

你演三個小時的戲，觀眾見得你最多的形體是甚麼？是「行、坐、企」，不是打筋斗，不是要槍花，不是在台上舞動，最多是見你行，見你企，見你坐，所以「行、企、坐」都是要練的。怎樣練「坐」呀？那要視乎你穿了甚麼服裝，不同服裝有不同方法的「坐」。

【坐（短打）】

坐是很重要的一環，現在示範的是穿着「短打」的坐法，兩隻腳都是虛步來的。

【坐（睡或暈）】

我們的表演是源於生活，但必須高於生活。在台上常見演員表演睡覺，或氣倒，或自己心亂而暈了的動作，不是說暈就跌在地上，睡亦不是倒下便睡，多數是坐着睡，坐着暈。睡與暈的形體是十分相像，只是最初的動作略有不同而已。托着頭的手可以不用依靠着椅背，因為椅背有

高有低，可能無法依靠着，或者那張椅在你背後，你就會整個人都背着觀眾，不太好看。你要學習用手托着頭的方式去暈或睡覺，托着頭那隻手千萬不可以離開自己的頭，因為離開了會容易覺得疲倦，如果用手托着自己的頭，便會沒有那麼容易疲倦，這亦是其中一個竅門。

表演睡或暈的時候，托着頭那隻手的手肘是不須依附在任何物件之上。

【第三章】

毯子基本功

緒言

談到練功，很多人都會提及「基本功」三個字。其實基本功包含很多方面，不是壓腿、落腰那些動作才叫做基本功，其實對舞台的認識是基本功；龍套教材，怎樣企位，也是基本功；不同程式應該怎樣做也是基本功。現在我們首先講的是鍛煉自己身體的基本功，即是壓腿、起虎尾、打半邊月、打飛腿、谷魚（掌上壓）等。

一個戲曲演員，不管你是做甚麼劇種，都一定要練功，如果你說：「我只是做文戲。」也都要練功，因為文戲也有很多「功」在裏面，你沒有練過功，真的不能上台。練功怎樣才叫正確呢？我們邀請了蔡之崴老師為大家示範。

壓腿

【正腿（壓腿）】

廣東班叫晾腳，京班叫做壓腿。這個是正腿的壓腿方法，是向前方壓的，膝頭不可以屈曲，腳掌是勾起的，腳尖對着自己。另一重要的是重心腳不可屈曲。

【旁腿（壓腿）】

這個動作也是晾腳，這個是旁腿，是打側身的。規條是一樣的，膝頭不可以屈曲，腳掌要勾起，腳尖不是對着鼻尖，而是對着耳仔。

踢腿

【踢腿概述】

如果我講踢腿，很多人會說：「不需你講，個個都識踢，練過功的都識踢啦！」我會問：「你踢哪個位置？」這個問題很多人都答不到：「踢腿就是踢腿，踢哪個位置？」我會再問：「你的目標？你隻腳尖踢哪個位置呀？」最初很多人以為腿掏得高就是好，踢了上額頭頂，其實是不對的。踢腿踢得目標越低就越難，因為你收住條腿來踢，是比你掏條腿出去踢困難。我們最初是踢眉心，之後踢鼻尖，最好那個，我無法練到，就是踢喉嚨。我見過最好的，就是崑劇名演員王芝泉老師，她年輕時踢的三腿，真是犀利，令我們驚為天人，那三腿是踢喉嚨的左右兩方。踢腿第一個目標是踢甚麼位置，第二，千萬不要躲懶，我們以前一踢就是一百腿，現在當然沒有人陪你踢一百腿，踢十腿已經很好了。踢腿是要一步步踢，但千萬不要「檻大步」，「檻大步」是自己騙自己，因為「檻大步」只是掏隻腳出去，好像踢波一樣，拉弓掏出去，是比較舒服的，所以千萬不要自己騙自己。越細步，甚至不動，踢腿越長功，當然是辛苦很多。還有屈曲膝頭不是騙師傅，是騙你自己，千萬不要自己騙自己，練功不能躲懶，躲懶就是自己笨了。

踢腿

【正踢腿】

正腿的踢腿，勾起腳掌，腳尖對着自己。

【原地踢腿（正腿）（不上步）】

不上步的踢腿是比較難的，因為它不是搊隻腳上去，而是踢隻腳上去。

踢旁腿

踢旁腿是踢腿的另一方式，不是向着鼻尖踢，而是向着耳朵踢。

十字腿

十字腿是踢腿的另一方式，即是左腿踢右耳，右腿踢左耳。

片腿

片腿的練習方法，打開雙手，用腳去摑隻手，千萬不要用手去就隻腳。

跨腿

跨腿的練習方式，打開雙手，用腳去搵隻手。

谷魚

【谷魚（掌上壓）二】

谷魚，現在的名稱叫掌上壓。這是正手的側面角度，整個人要直，頭要昂起，手掌向前。兩隻手的中指都是向着前方。

【谷魚（掌上壓）二】

另一方法的谷魚，兩隻手掌按落地的時候，兩隻手的中指是對着的。

起虎尾

【起虎尾（初練）】

廣東班叫做起虎尾，京班叫做拿鼎。這是初練的時候，有人扶腳。要注意的地方是腳掌要直，「咪」起腳趾而不是勾起隻腳。

起虎尾

【起虎尾（側面）】

起虎尾是要練到不需要人扶，又不需要依附着牆壁，定得時間越長越好。注意是要看到兩隻腳的鞋底。

半邊月

半邊月，京班叫做虎跳。動作開始的時候向着正前方，動作完結時都是向着正前方。

跨腳（飛腿）

【跨腳（飛腿）概述】

很多朋友都知道「飛腿」是甚麼動作，其實廣東班以前是沒有飛腿，我們是叫做「跨腳」，但不是飛腿的打法。飛腿來自京班，也有稱為飛腳的。飛腿有一個基本原則，就是要求雙腳一齊落地才算合格，現在人人都是單腳落地。我見過打得最好的一位是京班短打武生王雪崑老師，他是打右腳落右腳，單腳，左腳還停留在空中，即是翩完左腳，打完右腳，再落是右腳，左腳仍是離地的，即是「金雞獨立」，我們叫做「起單腳」，這個是飛腿打到最高境界才可以打到的。

【跨腳（飛腿）】

跨腳的基本動作，鬮左腿，跨右腿。反方向練習，鬮右腿，跨左腿。

跨腳過枱

除了一般的跨腳（飛腿），還有跨腳（飛腿）上枱、過枱、落枱，其實都要練習。跨腳（飛腿）過枱是一般識打跨腳（飛腿）的人都很容易練到，跨腳（飛腿）落枱是第二較難的動作。跨腳（飛腿）落枱難度是高過筋斗落枱，因為人在轉動中，很難將個重心保持提起後騰空旋轉落下來，很多人一傾斜就會跌。跨腳（飛腿）上枱則是飛腿最難的一種動作。

【跨腳過桁】

跨腳過桁，京班的名稱叫做飛腿過桁。高難度動作，即打飛腿越過桁的動作。飛腿騰空旋轉後必須保持一定的高度和寬度，否則無法過桁。

跨腳過枱

【跨腳落枱】

跨腳落枱是難度比較高的動作，從枱上打飛腿落地的動作，京班叫做飛腿下桌子。

【跨腳上枱】

跨腳上枱是高難度動作，京班叫做飛腿上桌子，要求打完飛腿後，雙腿落在桌上。

旋子

旋子純粹由京班引進，廣東班是沒有名稱的。

旋子有不同的起式，有的起式有圈手，有的起式有踢腳，無圈手。

丑行亦有其專用的武丑旋子。

掃堂腿

【掃堂腿】

掃堂也是由京班引進，主要是手撳那個位置，腳亦是落在相同位置。

【掃堂旋子】

掃堂旋子多數是連貫使用，是先掃堂，後旋子。

示範片段 3-16

示範片段 3-17

鐵門檻

鐵門檻也是由京班引進，多數是武丑行當做的。

絞紗

【絞紗的練習方式】

先拉山，然後落一字，絞紗。京班叫軟烏龍絞柱。

【絞紗】

首先跳一字，然後烏龍絞柱。烏龍絞柱是京班叫法，廣東班是稱做絞紗。

【豆汁】

這個動作叫做「豆汁」，是由京班引進。是北京攪豆汁的意思，因兩腿的動作如同攪拌豆汁而得名，用右腳掃過兩隻手和左腳。

三個連貫豆汁

攪豆汁動作在表演時常是連貫進行。

躦子

躦子這個動作也是由京班引進的，練的時候最要注意的是動作要連貫，踢出去的腳要直。

雙飛雁

雙飛雁分別有前雙飛雁、後雙飛雁及分腿雙飛雁。

搶背

【搶背概述】

搶背是生行一定要練的，其實做旦也要練。搶背是跌撲的一種，在開打需要跌的時候，必須跌得好看，搶背是跌得好看的其中一種。有人會說滾一個搶背不太難，其實不是，我們不是要滾背，我們是要搶背。甚麼叫做「搶」？就是要攤出去，「搶」出去的樣子。搶背是有很多種，第一，你練的時候要分開練習不同的搶背；第二，基本練法之外，還有一樣是現在很少人做得到的，因為一定要有一個師傅幫你上把練習，即是抄住你送你出去，令你在空中停留的空間多了，停留的時間多了，便不會太害怕，一定有足夠時間收手，因為搶背來不及收手，鎖骨會折斷。練功時，我們見到有人搶背跌倒，第一時間一定摸他的鎖骨位置，看看有沒有出事，因為要出事一定是這個地方折斷。

為甚麼要上把？上把的好處就是在上空停留的時間較長，令你不會太害怕，有足夠時間讓你攤開雙手，像鷹展翅一般，否則雙手會攤不開，像「𤮊被竇」一樣，做了也不會好

搶背

看。我很多謝周小來老師，周小來老師與我的練功師父袁小田先生是好兄弟，有一次在台上看到我打搶背，他說：「你這搶背危險！來！我幫你上把，我給你抄搶背！」我從沒有聽過，以為筋斗才要上把，原來搶背也要上把。當時我的體重很輕，他有二百多磅，魁梧奇偉，當他一為我抄搶背，我就明白了，原來搶背上過把，與沒有上過把，真是不同的。

示範片段 3-22

我練的時候，要練兩種不同的搶背，一個叫「乾拔」，即是沒有起法。甚麼叫做「起法」？就是借一借力才躍起，當時是不准許的，一擰面就走搶背。第一練就是練「乾拔」，第二就是練上把之後攤出去，動作像一隻鷹展翅。如果你問我現在還打到搶背嗎？以我現在的年紀，我隨時可以打個搶背給你看，未必如後生時的好看，但因為我的搶背基本功練得好，所以到現在我隨時可以走個搶背給你看，這就是為甚麼要拚命練功，因為到老的時候有老本可食。

【搶背】

搶背練習基本動作是先起虎尾，然後收手，背部落地。

搶背起得要高，注意撳手收手，如果不是這樣，很容易受傷。

穿搶背過枱

搶背過枱

【第四章】

做手・身段

身段

【腳法】

為了配合國畫的美學，我們許多時會以前腳頂起海青，突顯弧度的美感，但要注意不能露出靴面。

【抬腿拿海青】

抬腿拿海青最重要是由腳將海青送到手的合適位置。

【提海青】

如果你做斯文人，提海青的動作不可以太大。

【坐（海青）】

穿着海青的「坐」是非常考功夫，因為你坐下的時候是要用腳尖頂着件海青。

身段

【投袖】

一般的投袖是手向橫伸出去，兜後面，再回袖，然後上水袖的。

【回袖】

回水袖的作用是不想給觀眾看到袖籠裏的東西，所以一定要回了水袖，然後才上水袖。

【帔風】

最難的坐就是着了帔風的坐，因為帔風是從中間分開兩面的，裏面當然有件襯衣。如果你坐下時，那件襯衣縮了入去，中間好像有個窿，會很難看，所以坐之前，你一定要用手夾着裏面的襯衣，另一隻手稍為按一按，然後才坐下，裏面的襯衣就會舖平，上面的帔風就可以撐得起。

示範片段 4-1-3

【坐（帔風）】

穿了帔風很難坐得靚，首先右手拿起帔風底下的襯衣，左手要揿住，坐下去帔風底下的襯衣才不會縮做一團。

【行（帔風）】

穿了帔風的「行」也要比較小心，因為它是分兩層，上一層是帔風，下一層是襯衣，兩層都要注意，不要給它側向一邊。

【抬腿拿帔風】

穿了帔風抬腿行，只需要拿起件帔風，不用拿下面那件襯衣。

【報名（蟒）】

報名的時候，如果兩隻都是文袖，便要用右手那隻袖遮着臉。在報名時，一定以水袖遮面，因為你只是扮演劇中人。

【玉帶角度】

我們可以運用玉帶做一些動作，玉帶若長時間停留不動，就不能高過腰，一定要放在腰之下。

【玉帶坐相】

坐的時候，兩隻手是有幾個方式可以護着玉帶的。

【提蟒（二）】

穿着蟒很多時都有提蟒的動作，一定要由隻腳將件蟒提到手可以拿到的位置。

【提蟒（二）】

踢蟒的動作是先提膝頭。

馬

【概述】

戲台上的抽象，我相信最易舉例的就是馬，因為沒有真馬會在戲曲舞台上出現。我們的戲曲舞台，一支馬鞭，除了是代表馬鞭之外，也是代表一匹馬。在舞台上如何表現你在馬下馬上，眼神其實是很重要的。拉了一匹馬出來，你向上望，向下望，或者匹馬有多大，全靠你的眼神表達。現在我們示範一些上馬落馬的動作給大家看看。

【拉馬上馬】

這個動作是拉着匹馬出來及上馬，首先馬頭要拉過了自己，眼望高處，認蹬，上鞍，然後才能騎上馬背。

【落馬綁馬】

落馬綁馬的動作一定要連貫，注意馬匹是高過你的。

【馬鞭繩】

馬鞭的繩是做演員必須注意的，一定要配合手的位置。你把它穿在無名指上，剛剛好一把手可以攏得到，反手就可以攏得到馬鞭頭的把手處。如果馬鞭繩太長，你便無法捉得着那條馬鞭，這就是你的失策。這條繩的長度一定要自己來調校，不可以依賴他人，或者有人幫你綁好，你也要試一試，如果不合適，必須要重新綁一次，如若不然，在台上就很容易出岔子。

【收馬鞭】

有些與馬鞭有關的動作常有爭拗，因為我們不論甚麼鑼鼓上場，動作完結前，常常都是用馬鞭向後一點，然後勒馬。有人說：「你又打匹馬，又拉住匹馬，你想匹馬行還是不行呢？」其實這個「向後一點」的動作，你一定要小心處理。你只是將馬鞭向後一點，轉個圈，停一停，這是你收鑼鼓的影頭。你不做這個動作又好像不行，做得太大力，就好像鞭了馬匹一下。一落鞭，那匹馬便會跑，你究竟想匹馬跑還是不跑呢？所以這個動作要很仔細的處理，特別是做文官的時候。許多時做個身居高位的文官，如丞相之類，在將近收鑼鼓的時候也是向後點一下。這一下，如果大力鞭落去，一來太粗魯，二來不合情理，這個是要注意的。

示範片段 4-2

【馬鞭（馬鈴）】

另一個很容易惹起爭拗的地方，就是我們有些動作是拿着馬鞭在身前搖晃。馬鞭不是向後鞭，馬才會跑嗎？馬鞭在身前搖晃又代表甚麼意思？第一，不是快跑，第二，大家看不看到馬鞭頭有兩束穗，這兩束穗代表馬鈴，有如汽車的響號。如何知道有馬來了？就是靠馬鈴的響聲，這兩

束穗其實是代表馬頭，這個將馬鞭向前搖晃的動作代表着搖馬鈴，要注意馬鞭在不同的情況下代表着甚麼東西，一般情況下，在身後搖打是代表馬鞭，在身前搖晃是代表馬頭。

【馬鞭（拉馬）】

還有一樣是很易疏忽的，我們拉匹馬出來，馬鞭把手向上，觀眾很容易明白你是拉了匹馬出台，或手持着豎直的馬鞭，觀眾也一樣明白你是拉着匹馬。如果你很長一段時間是以手指套着馬鞭，鬆了馬鞭，馬鞭向下垂，這個動作就危險了。你坐着馬在做戲也可以將馬鞭放鬆，但你仍然是

坐在馬上，沒有落馬，觀眾只見你上了馬，在馬上做戲或者你一路鞭着匹馬出來。如果你做戲時，鬆了馬鞭，兩隻手在做戲，不會有問題；如果你只是表示拉着匹馬出來，就不可以兩隻手都在做戲，只能用一隻手。為甚麼？因為拉着馬的一隻手，只能拿着馬鞭，代表你拉着匹馬，儘管馬鞭是垂着，拿馬鞭的手不能任意做戲，不能任意擺動，只能用另一隻手做戲，人家才會覺得你真的是拉着匹馬，這個拉馬動作其實是要小心處理。很多人知道馬鞭向上或手持着馬鞭代表拉着匹馬，但馬鞭下垂很多人都會忽略了，拉了匹馬出來，兩隻手照樣做戲，以為沒有問題，其實是不能的。如果你當拉着匹馬，拉着馬的手一定要保持馬鞭下垂，不得亂動，這才是拉着匹馬。

【搖馬鞭（搖上手）】

在鬆了馬鞭，馬鞭向下垂的靜止狀態下，如何將馬鞭交回自己的手上？搖是很重要的，你將馬鞭一搖，它便會自動送回你的手上，順理成章，所以馬鞭繩的長短是很重要。這個鬆了馬鞭的動作很多時都是表示坐在馬上做戲，做完戲後，搖一搖馬鞭便自自然然返回你手上，不用你特別的關顧。

抽象

【開門關門】

開門、關門是戲曲常見的抽象動作，但是有些秘訣，很多人都未必會感受到的。原來一道門不是你說開門就可以開到，古老的大門在關上了之後，是有少少拱起的，頂住個門栓，所以開門的時候要先上步，用手推平那道門，兩個門栓才能拉開。開門如是，關門也如是，關門時也是要推平了那道門才能關上。這個秘訣是誰教我呢？這位前輩是劉彩虹女士。彩姨在甚麼地方教我呀？是在彌敦道、佐敦道交界，那晚與她吃完晚飯，途中她忽然說：「我唔記得話你，你關門開門都未曉。」我問：「咁點至啱呀？」她隨即對我講，我即刻做回給她看，總之兩個好似癲佬癲婆一樣。其實真是一個秘訣，你不信的話，找一道大門試試，當然是古老大門，不是現在的門，真是拱拱地，頂住個門栓的。

【開門】

開門首先要手足並用，推平道門，不要讓它拱起。然後開兩個門栓，再拉開門把，才可以拉開道門。

示範片段 4-3-1

【關門】

關門都是同一原理，一定要推平道門，然後才可以關上門栓。

抽象

【開窗關窗】

古老的建築，門一定是掩入，窗一定是推出，這個是千古不易的原則，當然現在有些門窗不是如此，但在古時一定是的。窗是有兩種的，有一種如現在的窗那樣推出去，有一種是撐出去。如果有人說開窗，你要看甚麼環境，如果你是坐在船上，好像做《杜十娘》，在船艙內，你想開窗，一定找支竹撐出去，將窗頂起，才能開得。

【開窗】

門是拉入，窗是推出。現在示範的是向上撐起的窗，要用支竹頂着的。

【關窗】

關窗也是先用支竹撐起個窗，然後將窗放下，再放低支竹。

抽象

【上樓落樓】

我們常說「抽象」是你心中有那件事才會模仿得到，一般而言，你日常是這樣做，你在台上亦會做同樣的動作，不過要美化它。源於生活，但要高於生活。但有一個動作，就不一定是你日常的做法，因為你要做給觀眾睇，這個就是「上樓」。如果穿着長的衣服如海青，一般人一定是拿起前幅，然後上樓，但上樓時要注意，為了讓觀眾知道，你的眼要向上望，如若不然，觀眾不會知道你在上樓，但日常行樓梯，不會不望樓梯，不望樓梯很容易跌倒。所以日常行樓梯，你可能會低頭，但戲台上就不能了。

上樓落樓還要注意一件事，這個其實是關乎古代建築的原則，樓梯必定是單數，尤其是在中國，樓梯無轉角，除了城樓、更樓與塔，因為地方太淺窄，然後才有轉角，如若不然，樓梯是直上的。

示範片段 4-3-3

【上樓梯】

上樓梯時，我們的視線要向上望。與現實是有出入，現實當然是要望着樓梯。為了讓觀眾知道你在上樓，所以一定要向上望，戲曲的樓梯都是單數的。

示範片段 4-3-3

【落樓梯】

落樓梯時，視線向下望。上樓落樓都一定回頭望。上樓梯一定拿着海青的前幅，落樓梯一定拿着海青的後幅，這個都是規矩來的。

【大霧、游水、摸黑、火攻】

我們有時做一些動作，很容易混淆。有四個動作常常都會混淆不清，一個是大霧，一個是游水，一個是摸黑，一個是被火攻，這四個動作如果你分得清清楚楚，然後才算得是合格。

【大霧】

大霧睇不清楚，用手撥開四周的霧，頭向前，眼睛瞇起來看。

【游水】

游水或跌了落水，第一，腳步一定要浮，不可以踏穩。第二，頭一定要仰起。第三，口一定要張開來吸氣。

【摸黑】

在伸手不見五指那樣黑的情況下，你的動作一定不會快。一定是把手擺在前面，用耳多過用眼，腳步一定非常穩健，因為怕踏空跌倒。

【火攻】

被人圍困用火攻的時候，兩手一定不停的撥煙。頭一定是向側，不會向前方，因為你怕煙攻眼鼻。就算需要看前方，也是要瞇起眼看。

道具

【硬令】

我們的令旗，有的很大，有的很細。有的是硬令，我們叫做金批令，是那種上闊下窄，把手好像支竹籤似的，方便給人拿着。交令是有技巧，我交一支令給人去打仗，我是拿着支令最闊的地方，將令的把手，即是窄的手柄位置交給人，人家才容易接住，所以交令的時候是調轉支令來拿。

【交硬令】

交硬令注意將令的把手交給對方。

【交軚令】

這一種交令是回營交令用的。

【押令】

插大令一定是插在自己的右邊。

示範片段 4-4-1

示範片段 4-4-1

【大令下】

「大令下」讀令的時候，左手拿着令旗的上角，然後反手，以左手拿着令旗入場。

示範片段 4-4-1

【牙簡】

牙簡的運用，注意抱牙簡的時候，彎位是向着自己。這個抱牙簡的方式是梁醒波先生所教。

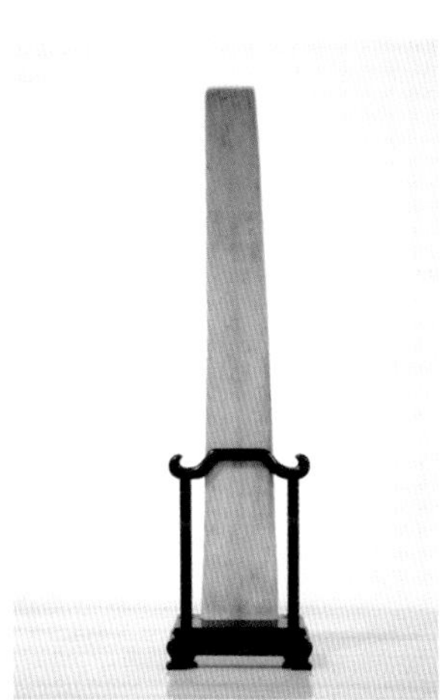

▲ 牙簡

【表章】

捧住表章上朝，注意要十分莊重的捧着，然後開讀。

【聖旨】

聖旨下的示範動作，這個是軟聖旨。

【狀詞（告狀）】

告狀的示範動作，跪低之後，狀詞是要舉高過自己的頭。

【狀詞（讀狀）】

讀狀除了要注意姿態，還要注意眼神是要望着張狀詞。狀詞一定長條形，用布條或紙都可以。

【蠟燭】

拿着蠟燭出門去看看，一開門有風，先用手擋着風，出了門後，即反轉手，不要給蠟燭光照着自己的眼。

【塵拂（人神用）】

人與神仙手持塵拂都是向外耍動。

【塵拂（鬼用）】

如果是鬼，手持塵拂是向內耍動。

【第五章】

龍套・程式

龍套

【龍套概述】

我們現在稱呼企邊的演員，用了京班的術語，叫做「龍套」，其實「龍套」這兩字，廣東班以前是沒有用的。我們的龍套演員可以分為兩種，做生的有「堂旦」和「手下」。有些叔父說「堂旦」以前叫做「拜堂旦」，我不知道是否正確，為甚麼做「生」的龍套演員會叫做「旦」呢？我現在也不明白，我查到再向大家解釋。企邊的「旦」行演員叫做「梅香」，多演丫鬟或宮女。男的就叫做「堂旦」和「手下」，「堂旦」是文手下，大多做家人、太監等角色。「手下」多數會武打的，因為許多時都是做兵，要打仗，所以四星、槓仆一定要識，同時很多排場也要識。

「手下」有個「手下頭」，四個「手下」裏便一定有一個「手下頭」，我們一趟「手下」只有四人，第二趟就叫做「堂旦」，「堂旦」也有個「頭」，「手下」擔任「頭」的那一個演員要通曉所有的表演程式，帶領其他人演出。京班有時做某些程式時，例如走八

（8）字、或者圓台之後反圓台，有可能由龍尾行先，即是可能由第四個行先，但我們是不會的，廣東班一定是「手下頭」行第一個，不會反轉行的。一般手下，要懂得武打，做「手下頭」的還要識跳「魁星架」，要識很多程式。「手下頭」的人工較貴，我出身的時候，若我沒有記錯，「手下」的人工是個二銀錢（一元二角）一日，「手下頭」是個半，「堂旦」是一蚊，因為「堂旦」是連刀都不用拿，這是以前的規矩。凡是學戲，先學「堂旦」、「手下」，因為你識企邊，然後才識企中間，而且你還會知道程式應該如何使用。

我們的「手下」、「堂旦」及「梅香」是有分工的，第一個通傳，第二個帶馬，第三個擺酒，第四個磨墨，分得清清楚楚，不會發生正主叫「文房侍候」，就四個人你望我，我望你，不知誰人去做？所以我勸大家，如果想做文武生，先學做「堂旦」、「手下」，因為着數很多的。

【企棟（男）】

演出的程式，廣東班稱為「企棟」，京班稱為「站門」。這類表演程式廣東班叫做手下教材，京班叫做龍套教材。所有演員其實都要學，第一個出來的演員，一定是站在台的左邊。

示範片段 5-1-1

【企棟（女）】

演出的程式，京班稱為「站門」。這個是花旦做的企棟，花旦做的企棟與生做的分別不大。以前不論手下或梅香，一趟就是四個的。

【花門】

我們有個行法叫「花門」。「花門」這個詞的來源如何？有叔父說是「花開門」，其實是不對的。中國其他戲曲稱這個表演程式為「挖門」，是從外挖番入來，手下行了出台之後，在中間挖入台中間，然後分開。「挖門」因為國語讀音近似「花門」，所以我們便叫了「花門」。有的人說「花門」兩個字解不通，就加個「開」字，變成了「花開門」，其實是錯的。「花門」下欄演員容易行，正主就難行，如果你走鑼邊花，手下在前面行花門，第二個手下剛返轉頭的時候，可能與上場的正主撞個正着，阻着虎度門，所以現在很多時第二個都在等正主出了去，他才行得過去。若果鑼鼓能夠配合，正主其實就是行第五個，即是等同於第五個手下，跟着第四個出，第二個手下就不用等了，不過首要是鑼鼓必須配合。

【花門（男）】

表演程式，京班叫做「挖門」，多數在劇中的戶外環境用。

【花門（女）】

表演程式，京班叫做「挖門」，花旦行的方位與生行的其實是一樣。

【穿三角】

表演程式，是表現在人馬雜沓之中，很忙亂的去追尋一個人物，或去追尋某一事件。

【織壁】

表演程式，其實用的字是牆壁的「壁」，是表示穿梭或舞蹈，甚至在兵荒馬亂之中的逃難都用得着。

【圓台開巷】

圓台開巷多是攔輿告狀用，考哪一位？考告狀那一個。圓台，手下行先，然後才到正主，正主如果行得慢，還要兜個很大的圓台，那就弊了，因為手下圓台回頭的時候，正主尚未行完，那時告狀那一個演員就不知道應該怎樣行才好？「告狀」的演員是在衣邊出來告狀，所以告狀又要考，正主又要考，是正主應該如何配合，圓台走到哪裏，正主怎樣配合，然後剛好去到該站的位置，出來告狀的那個人一跪低，手下就開巷，企在兩邊，變成一條巷，告狀人就跪在中間，時間的配合其實是很重要的。

【圓台開巷（連告狀）】

表演程式，多數是攔路告狀用。手下圓台，正主跟着圓台，告狀人從衣邊上，跪低。手下開巷，第一個手下一定是背台，跟着手下齊説：「擋道」，正主回話：「列開」，於是四個手下就返回一二三四的四個位置。

示範片段 5-1-5

【開堂】

表演程式，當然是公堂審案用，四個衙差出來是先踏七星。

龍套

【開堂】

示範片段曲文：

手下：呔！開堂侍候！

【迎接演出通病】

「迎接」也是一個常會犯錯的程式，因為迎接完之後，例如有一個官帶了一班家人出去迎接，另一個官又帶了一班衙差或官兵到來，總之迎接的時候，兩個正主互相敬禮後，一前一後分開入門口，入完門口各自要帶回自己的一班人返轉頭，所以兩個正主有背面一拜的動作，其實是因為這樣才能帶那班人，入到去裏面站定。如果兩個正主做得不好，那班手下就不知如何做才好，所以我常說學做正主都要同時學做手下，就是這個意思。

【迎接（大開門迎入）（六國王）】

示範片段曲文：

打開五鳳樓！

【小開門（迎入）】

示範片段曲文：

出迎！

【登基】

示範片段曲文：

朝臣：請主開金口，露銀牙！

正主：風調雨順，國泰民安！

朝臣：請主開國號！

正主：小皇初登大寶，改為太平元年，傳旨開寶！

朝臣：傳旨開寶！萬萬歲！

【落馬（天姬大送子）】

示範片段曲文：

董永（白）：啊！原來是仙姬之言！

【新水令】俺只見騰騰紫霧下青霄，忙下馬，躬身拜倒。

【上馬（天姬大送子）】

示範片段曲文

董永：【清江引】別卻塵凡道，直上玉霄宮，遊遍蓬萊島，但願父子們，享榮華，（兒啼介）到老。

【一滾三標】

公堂帶犯人用

示範片段曲文：

正主：衙役們！將犯人帶上！

【落夾棍】

公堂下刑用

示範片段曲文：

生：衙役們！下刑！

生：招也不招！

旦：冤枉難招！

生：加簽！

示範片段 5-1-11

【點絳唇（二）（連四大將）】

登壇點將、起兵上場用。

【點絳唇(二)】

登壇點將、起兵上場用。

【點將】

示範片段曲文：

正主：有此人來，兵丁簿呈上！吩咐擂鼓點名！

手下：擂鼓點名！

正主：前營！

手下：有！

示範片段 5-1-13

正主：後營！
手下：有！
正主：左營！
手下：有！
正主：右營！
手下：有！
正主：中營！
手下：有！
正主：五營四哨！
手下：有！
正主：水陸兵丁！
手下：有！
正主：個個到齊了！
手下：到齊了！

正主：兵丁簿收伏，大將簿呈上！吩咐擂鼓點將！

手下：擂鼓點將！

正主：張龍！

張龍：有！

正主：好威風！好殺氣！歸班！

正主：趙虎！

趙虎：有！

正主：好威風！好殺氣！歸班！

正主：王標！

王標：有！

正主：好威風！好殺氣！歸班！
正主：李豹！
李豹：有！
正主：好威風！好殺氣！歸班！
正主：個個到齊了！
眾將：到齊了！
正主：擺香案！

【祭旗及走蝴蛇】

祭旗

示範片段曲文：

正主：擺香案！上告皇天后土，山川社稷，六路尊神，今有沙利龍，興動人馬，攻打中原，只望旗開得勝，馬到功成。

正主：三軍威勇，將帥如雷，帶馬！

走蚺蛇

示範片段曲文：

正主：威吔吔好，噫吔吔好！發炮登程！

【禾花出穗】

山寨大王的登壇

示範片段曲文：

生：雙手舉起天上月，一槌打爆虎狼頭。

【行六波令牌子時要注意事項】

做演員必須要知鑼鼓，懂音樂，好像行「六波令」牌子，你不懂鑼鼓就不知道怎樣行。六波令牌子配以鑼鼓時，這個鑼鼓的扎鼓正主若上不到場，就無法出場，因為第二個扎鼓正主就要到台口落馬埋位，所以手下又要識行，正主也要識行，大家要知道鑼鼓，要知道這段牌子哪一句出，哪一處才有鑼鼓給你用，這些真的要注意。

【大相思(鑼鼓)】

大官上場用。

【鑼邊花（鑼鼓）】

緊急出場用。

【七槌頭（出場鑼鼓）】

很多人說鑼鼓是按照演員做戲而打，可以遷就演員的。不錯，有些鑼鼓是可以的，但有些鑼鼓是不能遷就演員的，例如「七槌頭」，頭七槌如何就你？你如果出不到又如何？慢慢等，等打鼓師傅打順個擂再扎鼓，你才再出呀！但以前我們凡是單獨出台，多數是行個「頭」，七槌頭雖然說是七槌，因為以前是打七下鑼的，後期我們發展到打十下鑼，變了十下，舊時「角的角撐撐撐撐撐撐角撐」，所以是七槌。你不熟識這個「七槌頭」，食不到個「頭」，你便要等一輪，等那個打鼓師傅打順個擂，再扎鼓，你出去亮相才夠威，所以你必須要知道哪個位出，哪個位收。如果有四個手下行先，你就是等下一個扎鼓，演員一定要熟識鑼鼓，你才能掌握在鑼鼓哪個位出，哪個位最夠威，這是演員的責任。

【連踢馬頭】

【單人上場】

【四星】

開打套數的一種，表示以一敵四的群打。

【三星】

開打套數的一種，表示以一敵二的群打。

【槓仆】

開打程式。

龍套

【入谷】

排場之一，引敵人入谷加以圍困。

【敗上】

示範片段曲文：

正主：殺敗了！殺敗了！

【打藤條（公堂）】

公堂用。

註：示範片段中以馬鞭代表藤條。

【打（蟠龍棍）（公堂）】

公堂用。

【打（文武槓）（公堂）】

公堂用。文武槓即板子。

註：示範片段中以刀代表文武槓。

示範片段 5-1-27

【行勝位】

戰場用。

【行敗位】

戰場用。

【雙龍出水（京）】

開打用。

【格住穿過（一扯兩扯）】

開打用。

【四門（手下）】

走四門為程式之一。

做功

【綁仔】

程式之一。

【打仔(棍)】

程式之一。

【打仔（單藤條）】

程式之一。

註：示範片段中以馬鞭代表藤條。

打

【手橋（二三牛角槌）】

徒手打鬥。

程式

【排場・程式】

相信大家都聽過「排場」這個名詞，其實「排場」是一個程式。除了是一齣戲的如《金蓮戲叔》、《打洞結拜》，你可以將整齣戲當做「排場」，因為表演程式是固定的。但是除了這些之外，其實「排場」這兩個字通常是指一個程式，有人說短的程式不叫做「排場」，因為覺得太短不算是「排場」，其實不是，它一樣是「排場」。為甚麼？「開堂」是不是「排場」呀？當然是。所以不一定是《大戰》才是「排場」，或全套的《金蓮戲叔》才是「排場」，那些是「排場戲」。

【魁星架】

我們除了「大架」，還有很多「架」，例如例戲《玉皇登殿》裏的桃花女架、日月架、羅侯、繼都的「架」，都叫做「架」。《香花山大賀壽》裏的降龍架、伏虎架、韋馱架，每個「架」差不多都有「大架」在前面。不過有一個叫做「架」而沒有「大架」在前面的就是魁星架，是點翰時，即點狀元的時候用。為甚麼魁星架這麼短？因為這個「架」是「手下頭」跳的，不是由「角」跳的。

【點翰（魁星架）】

點翰用。

【龍爭虎鬥】

對陣用

示範片段曲文：

甲：好有一比

乙：好比何來

甲：殺到西方紅日墜

乙：殺到地府鬼神驚

示範片段 5-4-3

甲：休相讓
乙：莫順情
甲：當場分勝負
乙：戰過便分明
甲：你又來
乙：你又來
甲：你又來
乙：你又來
甲：來來來
乙：來來來
甲唱：【首板】龍爭
乙唱：虎鬥
甲、乙合唱：沙場上
甲：坐穩雕鞍

乙：顧住你個人頭

甲：你又來

乙：你又來

甲：你又來

乙：你又來

甲：來來來

乙：來來來

甲：當日山中稱豪強，手提銀槍忙殺上（介），看看爺爺強不強。

乙：罵聲賊人好膽量，本帥一怒要你亡，舉起銀槍忙殺上（介），看看爺爺強不強。（介）

甲：好膽量

乙：要你亡

【鳴金收兵】

鳴金收兵(二)

示範片段曲文：

手下：啟稟元帥，天時將晚！

甲、乙元帥同白：啊！天時將晚！

甲元帥：若非天時將晚，定取你人頭，明日再戰！

乙元帥：懼你不成！

甲元帥：來者！

乙元帥：君子！

甲元帥：不來！

乙元帥：小人！

程式

甲元帥：你要打點！

乙元帥：你要打點！

在這段《鳴金收兵》的示範片段裏，手下是在兩名元帥中間跪下。

鳴金收兵（二）

示範片段曲文：

手下：啟稟元帥，天時將晚！

甲、乙元帥同白：啊！天時將晚！

甲元帥：若非天時將晚，定取你人頭，
　明日再戰！

乙元帥：懼你不成！

甲元帥：來者！

乙元帥：君子！

甲元帥：不來！

乙元帥：小人！

甲元帥：你要打點！

乙元帥：你要打點！

在這段《鳴金收兵》的示範片段裏，雙方手下都是背台跪下。

【大戰】

示範片段曲文：

甲：你又來！

乙：你又來！

甲：你又來！

乙：你又來！

甲：來來來！

乙：來來來！

【大戰（小的、拮馬頭）】

槍對打的套數。

韋馱架

【跳大架】

除了排場，尚有一些表演程式是有固定動作的，如跳架。一般人以「大架」為標準，做廣東戲不論男女，不論做生或旦，不論任何行當，一定要識跳大架。

【韋馱架簡介】

我記得叩頭給麥炳榮師父的時候，我的師父第一句對我講：「我要執手教你幾個架，第一是大架，另一個是韋馱架。」這個大架及韋馱架，他是一分一毫慢慢的教我，我是真真正正一丁一點的學回來，但現在我不是不能跳韋馱架，但體力、腰、腿，都不能符合我自己的要求，所以我找了吳立熙為我們示範，吳立熙的韋馱架也是我執手教的。

在粵劇行裏，其實很多人都識跳韋馱架，亦也有很多門派。韋馱架其實是由羅漢架衍化出來，我學的有「朝天一炷香」、「降龍」、「伏虎」、「童子拜觀音」、「開心」、「長眉」共六個架。很多時在演一些請韋馱收妖的戲場，如《白蛇傳》，若果一個人跳六個架，會覺得時間太長，所以我們通常都是在師傅誕，即是華光誕或田竇二師誕，做《香花山大賀壽》時才會跳六個架，一般戲場只跳四個架。

【韋馱架】

大架

朝天一炷香

降龍羅漢

伏虎羅漢

長眉羅漢

開心羅漢

童子拜觀音

上天梯

【第六章】

唱腔基本功

概述

唱，在戲曲方面，我相信全中國都是分兩大類，即是板腔體和曲牌體，當然內裏是十分複雜的。粵劇其實也是分板腔及曲牌兩大類，兩大分類裏再有細的分類。

【板腔體與曲牌體】

唱、唸、做、打，以「唱」居首位，究竟廣東戲的「唱」可以分為幾多類呢？大類而言，可以分為板腔體及曲牌體兩大類。

板腔體，即是有拍子，有上下句，有固定的結束音，那種叫做板腔體，亦有前奏和過門，有人認為那一種應該叫做「齊句過門體」，姑無論怎樣，大致上都是稱為板腔體。板腔體大致分為兩大類，這是我們整個廣東戲最重要的基礎。一類叫做梆子，一類叫做二黃。梆子類有首板、慢板、中板、滾花、煞板，即是說散板的又有，上板的一板三叮的又

示範片段 6-1

示範片段 6-1

有，一板一叮的都有，個個是板的流水板也有，是一整套的，這個是梆子系列。梆子系列的定弦，即是二弦的兩條弦線，是「士工」，內弦是「士」，外弦是「工」，不是「合尺」。

另一種是二黃類，又是有首板、煞板、慢板、流水板，還有滾花，不過二黃類就沒有一叮一板的。追究起來為何沒有一叮一板？其實很奇，最早期的二黃當然不是廣東產生，最早期的二黃是一叮一板，是我們和其他劇種加工，變成三叮一板，於是原有的一叮一板已經變了三叮一板，所以沒有了一叮一板的，但京劇仍然保留着，有一叮一板，有三叮一板。一叮一板，他們不是叫一叮一板，京劇的「叮」叫做「眼」，有叫做一板三眼，但是一板一叮的二黃，他們叫做原板，即是原來就是這樣的板，這個是二黃來源的問題。二黃的來源追本溯源實在太多篇幅，留待日後再講。二黃的定弦是「合尺」，內弦是「合」，外弦是「尺」，所以與「士工」基本上是不同，兩種的味道都不同。

板腔體之外，還有曲牌體。曲牌體

不是我們的主流，但是我們會常常使用。曲牌體包括些甚麼呢？包括牌子曲，牌子曲大多數來自崑曲，是完全有譜的，凡是曲牌體都是有譜的，不是上下句那一種，是全支曲都有譜的。牌子曲多數來自崑曲，亦有來自弋陽腔的，因為弋陽腔都是曲牌體。我們用的，當然是用崑曲的曲牌多過弋陽腔的曲牌，我們現在分不到哪個是崑曲曲牌，哪個是弋陽腔曲牌。

另外一種叫大調，不是西洋音樂的「大調」，這種「大調」又叫做「大曲」，這種是有故事，有曲文，有段落，例如《貴妃醉酒》、《罵玉郎》、《打掃街》、《秋江別》等等，是一段一段的，中間有過門，分很多段，有時是八段，有的是七段。最少最短的大曲叫做《柳搖金》，講司馬相如的故事，只有三段，但都稱做「大曲」，不是以長短來分。從何處而來，我現在尚不知道，我查不到，但是一定是有故事，有曲文，例如《貴妃醉酒》講楊貴妃的故事等等，這種叫做「大曲」。相應比對來講，有一種叫做「小曲」，又叫做「小調」，也不是西洋音樂的「小調」。這些有的本來是樂曲，一段好聽的樂曲，我們譜了字上去，搬了入戲班唱。也有為了某齣戲，創作一支新的小曲，來演繹這段戲的感情，這種統稱為「小曲」。當然有段時期，我們的前輩連英文歌也拿來唱，這個我們也當是小曲，不理會它是甚麼歌。

【大腔與說唱】

還有一種亦是大類來的，叫做弋陽腔，又叫做大腔，剛才我曾說弋陽腔是有曲牌的，我們全個《封相》都叫做大腔，大腔根本就是弋陽腔。我們叫大腔，福建又叫大腔，但除了這兩處地方，全個中國其他劇種都是把弋陽腔叫做高腔，來源不得而知。我們唱的大腔，即是在《封相》裏唱的，到底是曲牌體，還是板腔體？它有分曲牌，有名的，但忽然間有一段叫做嘆板，又無曲牌名，那真是要查了，現在暫時未查到，不敢百分一百證明。我們的大腔除了《封相》之外，還有沒有其他的戲？以前很多戲是唱大腔的，我知的有《灞橋挑袍》，關公就是唱大腔，但現在失傳了，這個失傳其實是非常可惜。以前我們保留了很多，現在只能保留一齣弋陽腔的戲，即是我們叫大腔的，就是《六國大封相》。另外崑曲的戲有《仙姬送子》、《賀壽》、《玉皇登殿》都是唱牌子的，都是崑曲的戲。

板腔體還有一個類型，但人人都不當它們是板腔體，因為它們是說唱，那就是南音、木魚、龍舟、板眼。這個系列其實曲式差不多，寫的文字也可以互相調用。我們初時以為南音還不是來自廣東的嗎？原來查起上來不是來自廣東，有甚麼根據說不是呢？屈翁山先生在《廣東新語》其中一節裏說，廣東流行的摸魚歌源出於江蘇浙江沿海一帶漁民的歌，所以叫做摸魚歌。我們有沒有摸魚歌呀？原來木魚就是摸魚歌，為甚麼？因為我們叫的「木魚」是一個用來敲經的，木造的，那個叫做「木魚」，但我們唱的木魚沒有敲「木魚」的，無板的，所以後來我們研究發現這是方言的謬誤，「摸魚」變成了「木魚」，「摸魚歌」變成了「木魚歌」。我曾經到過上海很多次，問一些管理文化的朋友，他們也查過，是真有其事，江蘇沿海一帶以前曾經流行摸魚歌，但現在失傳了，只留下名字，大家不識唱了，可能因為這樣流傳到了廣東。我們有幾樣證據證明不是產自廣東，第一是剛才所講「木魚」為甚麼沒有敲那個唸經用的木魚呢？第二南音是有板，有樂器，用的兩件樂器都不是廣東流行，一個是檀板，一個是箏，兩樣都是江南絲竹，這是又一證明。另外，在名稱上有一證明，我們唱的「板眼」是一板一叮，外省叫一板一眼，為甚麼我們不叫「板叮」而叫做「板眼」？那個「眼」字不是我們常用的，所以又是另一證據證明不是我們的，是江蘇、浙江、福建流入廣東。千萬不要誤會，從福建流入來，福建南音即是我們的南音，完全不是，福建南音是由南戲、南詞演變而成，非常古雅的東西，所以福建南音絕對不是我們的南音。

【點叮板、上下句及結束音】

點叮板即是打拍子，我們以前學點叮板是以手掌代表板（重拍），食指代表頭叮、中指代表中叮、無名指代表尾叮來打拍子。一板三叮，一定要分頭叮、中叮、尾叮，如果

你每一下都是用掌打拍子的話，基本就分不到頭叮、中叮、尾叮，所以在我們戲曲來講是不可以用這個方式來打拍子。我們多數在結束那一句最後一個字是板來的，不論任何曲牌體或板腔體，都是在板那個位置。有人問：「唔係板得唔得？」但真是很少，在我的記憶裏，可以說是沒有，尤其是板腔體，最尾的字一定是板，除非是散板。有人說南音就不同了，南音可以中叮收，其實不是，現在是記錯了叮板。南音的結束是怎樣？例如「秋月無邊」是結句，現在寫是中叮收，其實是快速度的三叮，「邊」字是板收。七個字句或當它分四頓，其實它是四個四拍來的，「涼風：有信：秋月無邊：」。有人問：「中間可唔可以加些東西？」是可以的。以前唱南音的大多是失明人士，幾百支歌，如何記得呢？因此有時兜兜轉轉找曲詞，在兜轉的時候就是利用這個方式，「當時：嗰日：佢呢：」再接回唱段，中間不會錯叮板，因為無論他如何兜轉，都剛好是四拍，是一板三叮，所以結束那個字都是板。

講完叮板，再談結束音。二黃類，我們稱謂「合尺」，生旦的結束音都是一樣，上句是「上」，下句是「合」或「尺」。有人問：「首板是上句還是下句？如果首板是上句，為甚麼首板會唱『尺』？」不錯！首板是唱「尺」，我們初時也不知原因，以為它是從其他地方來的，原本就是唱「尺」。但其實好像是因為它是從「二犯」變了「二凡」，再變成「宜黃腔」，即是「二黃」，變更的時候，第一句變成了「倒板」。有人以為是「導板」，領導的「導」，其實不是，是「倒板」的「倒」，倒轉了，所以唱「尺」，叫做「倒板」，唱了下句的結束音。這個問題我正在研究中，這是我暫時得回來的結果，將來如有新發現，再向大家交代。梆子類則男女不同結束音，男的結束音是上句收「尺」，下句收「上」，女的結束音是上句是「上」，下句是「合」。女的結束音與二黃是差不多，但唱出來的味道就一定不可以相同，大家都唱「合」，二黃的「合」與梆子的「合」是不同的，因為梆子純粹是「士工」的味道。你試試將一些板式或曲式「合、尺」兩個音改成「士、工」，你看看變更是如何？這個是我們學甚麼叫「士工」，甚麼叫「合尺」的一種方式來的。

梆子

【梆子首板(士工)】

生唱的結束音：工，上，尺。

曲詞：奈何天（工），奈何人（上），奈何苦恨（尺）。

【梆子首板(平喉)】

另一種唱法

生唱的結束音：工，上，尺。

曲詞：奈何天（工），奈何人（上），奈何苦恨（尺）。

較為平淡的一種唱法

示範片段 6-2-1

梆子

【梆子首板（合調）】

生唱的結束音：尺，合，士。

曲詞：奈何天（尺），奈何人（合），奈何苦恨（士）。

【梆子慢板（短板面）】

生唱的結束音：尺。上。

曲詞：奈何天，奈何人（尺），奈何苦恨（尺）。怕只怕，凱旋日（上），弦斷亡琴（上）。

短板面

【梆子慢板（合調）（長板面）】

生唱的結束音：士。上。

曲詞：奈何天（上），奈何人（合），奈何苦恨（士）。怕只怕（上），凱旋日（合），
弦斷亡琴（上）。

【梆子慢板（爽）】

生唱的結束音：尺。上。

曲詞：奈何天，奈何人（士），奈何苦恨（尺）。怕只怕，凱旋日（上），弦斷亡琴（上）。

左撇唱法

【梆子慢板（快慢板）】

生唱的結束音：尺。上。

曲詞：奈何天，奈何人（尺），奈何苦恨（尺）。怕只怕，凱旋日（上），弦斷亡琴（上）。

【梆子中板（大撞點）（十字中板）】

生唱的結束音：尺。上。

曲詞：奈何天，奈何人，奈何苦恨（尺）。怕只怕，凱旋日，弦斷亡琴（上）。

【梆子中板（十字清）】

生唱的結束音：尺。上。

曲詞：奈何天，奈何人，奈何苦恨（尺）。怕只怕，凱旋日，弦斷亡琴（上）。

【梆子中板（七字清）】

生唱的結束音：尺。上。

曲詞：心帶別離多少恨（尺），如花人遠暗銷魂（上）。

梆子

【梆子中板（快撞點）】

生唱的結束音：尺。上。

曲詞：心帶別離多少恨（尺），如花人遠暗銷魂（上）。

【梆子滾花（七字）】

生唱的結束音：尺。上。

曲詞：心帶別離多少恨（尺），如花人遠暗銷魂（上）。

【梆子滾花（五字）】

生唱的結束音：尺。上。

曲詞：別離多少恨（尺），人遠暗銷魂（上）。

【梆子滾花（三字）】

生唱的結束音：尺。上。

曲詞：多少恨（尺），暗銷魂（上）。

【梆子滾花(三字)(快)(霸腔)】

生唱的結束音：六。上。

曲詞：你不當（六），要你亡（上）。

霸腔唱法

【嘆板】

生唱的結束音：合，尺。士，上。

曲詞：奈何天，奈何人（合），奈何苦恨（尺）。怕只怕，凱旋日（士），弦斷亡琴（上）。

【梆子煞板】

生唱的結束音：工，士，上。

曲詞：怕只怕（工），凱旋日（士），弦斷亡琴（上）。

【梆子煞板（合調）】

生唱的結束音：合，士，上。

曲詞：怕只怕（合），凱旋日（士），弦斷亡琴（上）。

梆子

【梆子煞板（霸腔）】

生唱的結束音：工，士，上。

曲詞：怕只怕（工），凱旋日（士），弦斷亡琴（上）。

二黃

【二黃首板】

生唱的結束音：尺，合，尺。

曲詞：奈何天（尺），奈何人（合），奈何苦恨，奈何苦恨（尺）。

【二黃慢板】

生唱的結束音：上。合。

曲詞：奈何天（尺），奈何人（上），奈何苦恨（上）。怕只怕（合），凱旋日（士），弦斷亡琴（合）。

二黃

【二黃慢板(古老)】

生唱的結束音：上。尺。

曲詞：奈何天（士），奈何人（上），奈何苦恨（上）。怕只怕（工），凱旋日（尺），
弦斷亡琴（尺）。

【二黃流水板】

生唱的結束音：合，上。士，尺。

二黃中板即二黃流水板（二流）

曲詞：奈何天，奈何人（合），奈何苦恨（上）。怕只怕，凱旋日（士），弦斷亡琴（尺）。

示範片段 6-3-3

【二黃流水板（快打慢唱）】

生唱的結束音：合，上。士，尺。

曲詞：奈何天，奈何人（合），奈何苦恨（上）。怕只怕，凱旋日（士），弦斷亡琴（尺）。

【二黃流水板（古老）】

生唱的結束音：六，工。工，尺。

曲詞：罵一聲（六），小奴才（工）。惹來戰禍（工），烽火罩邊城（尺）。

【二黃滾花】

生唱的結束音：合，上。士，尺。

曲詞：奈何天，奈何人（合），奈何苦恨（上）。怕只怕，凱旋日（士），弦斷亡琴（尺）。

【四平（西皮）】

曲詞：尊嫂嫂（尺）說的是那裏話（尺）。
俺武二愛酒（士）不貪花（上）。。
若還是（尺）嫂嫂不信咱（尺）。
哥哥回來（士）你去問他（上）。。

說唱及其他

【南音】

曲詞：涼風有信，秋月無邊。虧我思嬌情緒，好比渡日如年。。小生繆艮乃係蓮仙字，為憶嗰個多情妓女叫做麥氏秋娟。佢嘅聲色與共性情，真係堪讚羨，就更兼才貌兩雙全。。

示範片段 6-4-1

【板眼】

曲詞：涼風有信，秋月無邊。虧我思嬌情緒，好比渡日如年。。小生繆艮乃係蓮仙字，為憶嗰個多情妓女叫做麥氏秋娟。佢嘅聲色與共性情，真係堪讚羨，就更兼才貌兩雙全。。

示範片段 6-4-2

【牌子：嘆五更（選段）】

全曲曲詞：追思

昔日裏把冤家造
害得俺人亡家破
趲路來時要把寶劍重磨
西風把葉飄，聽西風，把葉飄
愁煞人也麼呵
這的是，也麼呵
愁，愁煞人也麼呵

聽樵樓一鼓催
聽樵樓一鼓催
只聽得悲聲切切
想必是重凄楚楚
想明日必定是在昭關過
恨不能插雙翅飛出了昭關過
枉讀詩書藏滿腹
讀盡詩書藏滿腹
怎能夠筆尖兒掃盡了干戈
掃盡了干戈

聽樵樓二鼓催
聽樵樓二鼓催
殺得他齊集那文武
縱有那雄兵百萬難闖進
冷落了蓋世英雄埋在土
腹中冤未伸腹中冤未伸

聽樵樓三鼓催
聽樵樓三鼓催
只殺得子無親弟無兄妻無夫
獨在山中誰憐苦
獨在山中誰憐苦
莫不是遇恩人海樣源深，海樣源深
四鼓將睡也
四鼓將睡也
又聽得樵樓上咚咚五下鼓
雞鳴報曉尋光路
未報冤仇怎罷手
這的是，也麼呵
愁，愁煞人也麼呵

【第七章】

名家與名腔

四大流派：薛馬桂白

薛覺先先生是粵劇生行的典範，當時生行有「薛、馬、桂、白」四大流派。薛是薛五叔薛覺先先生，馬是馬大叔馬師曾先生，桂是桂八叔桂名揚先生，白是白三叔白玉堂先生。後來國內將「薛、馬、桂、白」的「白」改為白七叔白駒榮先生，其實白駒榮是早了一輩的演員，所以不應歸入四大生行之內。國內基於政治原因，所以將白玉堂改成了白駒榮，後來因為政治氣候和緩了，大家便改回原來的白玉堂，所以「薛、馬、桂、白」的「白」應該是白玉堂。亦有人說應該是「薛、馬、桂、白、廖」才對，其實是有問題的，因為廖七叔廖俠懷先生是丑行，不是生行，他與李海泉、葉弗弱、半日安三位前輩合稱四大名丑，不應歸入生行。

薛覺先先生

每個派別其實都各有特色，薛覺先先生是生行的典範，文武俱備。有人說他的武戲是以北派為主，他引入北派其實是很早期的事，第一個在上海請四位京班武師來廣東就是他，他請了蕭月樓、袁財喜、袁小田、周小來，這四位除了蕭月樓後來返回國內外，其餘

示範片段 7-2

三位都留在香港，袁小田先生更是我的師父。袁財喜師伯是袁小田先生的大哥，不過很早便去世，後來袁小田、周小來兩位在香港的電影界做武術指導，非常出色。

薛五叔的文戲更是膾炙人口，他擅演一些風流瀟灑的人物，亦擅於穿着武裝演談情戲。舊時很多戲都是穿着小靠（靠仔）掛着劍談情，當時十分流行這種戲。他對服裝扮相也很有研究，他的扮相是從他在上海看到京劇大師梅蘭芳先生的化裝，覺得比我們的化裝仔細及美觀，所以他將梅先生那一套化裝方法搬來廣東班。以前廣東班與很多劇種一樣，生角的額頭眉心有少許紅色，有尖的、或彎的，薛五叔學了梅蘭芳大師的化裝後，就變成了生行沒有了那一點紅，原因是梅先生是唱青衣，是旦角，不是生行。後來我們有些前輩如新馬師曾先生做某些戲如《周瑜》，仍會抹上一點紅，我們這一輩人也會跟隨着角色的不同如周瑜、武松等小武戲也會摸紅，即是在額頭上抹上少許紅。薛覺先先生的做手非常骨子，當時所謂的眼跟手的做法及規矩是很清楚的，尤其是攤手，更奉為薛派的攤手，動作如打開一本書的感覺，與一搬的攤手是拉平的是有少許不同，這個做手是他常做的，亦是薛派的特色，而且他對人物性格亦做了很多功夫。

薛五叔的唱腔更是生行必學，我們這一輩應該都是學薛腔出身，慢慢再演變出很多流派。薛腔可以說是生行唱腔的規矩，露字、紮實，聽落沒有一些花巧的東西，十分平實，但令人物的性格浮現出來。

馬師曾先生

馬派擅於創新。當時有人說是馬大叔（馬師曾）倡議，令到所有西洋音樂搬上了台，但沒有真實證據，或許是由他開始或由他鼓吹。曾經有一次有一套戲是全部都是西樂，連鑼鼓都沒有，我也聽人講過，是前輩講給我知，但他嘗試過之後，他自己也說失敗。但這種嘗試我們是覺得對的，勇於嘗試才會有創新。馬大叔是一個創新派，古老的東西他懂不懂呢？其實他是非常的紮實，因為他的師父是有「小武王」美譽的靚元亨先生。靚元亨還有一個花名叫「寸度亨」，樣樣都很齊整的。馬大叔的唱腔有時怪怪的，為何他會這樣唱呢？其實他是將每一個腔加「吔吔吔」來唱，這是他的特色，喜歡還是不喜歡則是見仁見智，但馬派就是這樣的。

我記得和馬大叔拍《父母心》這套電影時，在工餘時間他對我們有很多教訓，教導我們做藝人千萬要顧着老闆，顧着兄弟，即是說要顧着全班人，不要在你走紅的時候掏盡老闆的錢，令到老闆蝕錢，兄弟分不到足夠的錢，這一種是很有戲德的藝人。他教我們三個「本」字，這三「本」真是值得大家牢記。第一個「本」是本錢，本錢是甚麼呀？是父母給你的相貌、聲線及錢財，都是屬於本錢；第二個是本事，本事是你自己練習得來，學習得來；第三個他說是最重要，叫做本心，即是良心。他曾講過一個故事給我聽，說他自己

年輕的時候簽錯一張合約，去了美國後，班主不放他回來，長年累月在美國，但演出又不多，於是他寫信回來求救，得到太平戲院的東主源杏翹先生寄錢贖他回來。他說過一世都打太平戲院的工，直到太平戲院不做班主為止，結果他真是履行諾言，在他走紅的幾十年裏，都是在太平劇團工作，他以身體力行，證明了他講的本心。

桂名揚先生

桂派其實對生行影響很大，很多生行演員都自認是桂派，有任姐任劍輝、蝦哥羅家寶、我師父麥炳榮、一叔陳錦棠、黃超武先生、黃千歲先生，陣容如此強大，還有桂八叔的徒弟盧海天先生，當然是桂派，這點不用問。為甚麼桂派的影響這麼深遠？這麼廣闊？桂派是做袍甲戲，那時很流行做袍甲戲，穿蟒穿靠，是小武的。當時已經流行鴛鴦蝴蝶派的談情戲，他在當時是很硬淨，很爽朗的小武，每個腔都很清楚，有人說他的腔口是「斬釘削鐵」。如果你想知道桂派的唱腔是怎樣？其實任姐與蝦哥已經表露無遺，他們都是很神似。

桂八叔其實是聲線欠佳，他曾經對我說因為他無聲，所以將唱腔斬釘削鐵的唱，這是他的特色。做派方面，他是全行公認第一的「趙子龍」，所以每逢他演出《甘露寺》、《催歸》等戲，很多人都去學，大家都奉為經典，桂派的特色就是爽朗。

白玉堂先生

至於「白」派，白三叔是很有特色，因為他個子高，許多時會微微屈曲雙腳來做戲。我們這等普通身材的，屈曲雙腳是很不好看，但他卻屈得很美觀。他的做手，現在人眼中會覺得有些奇怪，很多時給人如拔槍的感覺，但他做出來是很好看的。他另一特色是常在台上小跳，即「跳」一步。那跳一步，一般人着蟒是不會用，着海青也不會用，但他是會用的，這是他的特色。同時他將每一句曲處理得很細膩，所以他的派系將人物性格表達得很好，而且對每一個介口應該何時做？做多少？他是非常獨到，例如你和他講完一句口白，他會考慮這個人物的反應是在你講口白時做的，還是講完才做，他是很有條理。

我可算是夠運，曾叨陪末席，做過他的小生，在那台戲中，我是獲益良多。雖然我的身型手腳不是他的派系，但對於做戲，特別是如何用眼做戲，這方面他是有很多獨到之處。還有一樣是工作認真，非常嚴謹。他在虎度門裏面，起了鑼鼓，他未行出虎度門前三四步已經在踩身型，已經在做戲，帶着戲上台。入了虎度門，即入了場後，他仍在踩身型，這一種精神，大家一定要學。在台上真是一絲不苟，而且每一秒鐘都不放過，你們在唱着戲，他在隔籬已在做戲，這一種精神，我們是應該敬佩。

示範片段 7-5

新馬師曾先生

生行還有兩位不能不提的人物，一位是新馬師曾（鄧永祥）先生。我和祥叔拍過電影，也做過很多大戲。我從小時候，到後來做拉扯頭腳色尾（即中等演員），有兩句對白的，做到第四個生、第三個生，直至做到第二個生，即小生，我也有同他做過，他是非常非常的高水準。但他平時會有時沒有心機，這是他的特色。但他心情好起上來，常有神來之筆。一齣戲裏，他喜歡賣弄甚麼，就賣弄甚麼，喜歡拿甚麼給你看，就表演甚麼給你看，沒有一個人像他，而且他要拿甚麼功夫出來都拿得到。在他年紀比較大的時候，仍做到很多年輕人都做不到的東西，可見他從前練功如何勤力，練到如何精，到老了，仍然要得到出來給你看，而且他做戲真的很獨到。你或許會說他平時無心機做戲，甚麼時候才會好呢？這個真真正正是有些問題，但年紀大了之後、反而常常都很有心機，真是很奇？他很有心機做的時候，我們就學到很多東西。他的確是有很多精妙之處，當然無法一一列舉這麼多，但是那個神韻、步法精緻緊密等等，我們且談少少。

他打蕩子的時候，即京派的群打，他的腳步是走得最好的，即是說在那個蕩子裏如何穿插，在筋斗裏遊走，非常精彩，非常到家，步伐又靚，感覺如走「8」字，走「S」的感覺，非常非常之精彩。他這麼瘦小，着起大靠扮演關公，全世界人都估不到他可以這樣

好，正是我所講的神來之筆，的確可以用來形容祥叔的表演藝術。

大家聽新馬腔，人人以為他好好聲，但他私底下同我講：「我本來無聲㗎！」我說：「吓！你都無聲？」他說：「我無聲㗎，我的叫做功夫嗓，我練番來的，很多假聲在裏面，你聽清楚！」到我自己十幾歲變完聲後，變得非常差，求教於他：「祥叔教教我喇！點樣背功？點樣假聲？」他望着我：「我畀個錦囊過你，唱多啲！」我初時想：「搵笨！唱多啲邊個唔曉講？」原來真是金科玉律，唱多些，不停口唱，細聲又唱，大聲又唱，慢慢就找到自己把聲。他告訴我無聲，初初我真的不信，後來自己搵聲的時候，慢慢發覺他真是功夫嗓，未必是先天有聲。有一次祥叔要唱《臥薪嘗膽》，音域非常高。那天他到場後，聽到他失了聲，連講話都不能，我說：「祥叔，一陣你點唱呀？」祥叔說：「學吓嘢喇細路！」失了聲，怎樣唱《臥薪嘗膽》？他真的唱到。這個是很多人形容名演員有幾把聲，他就是用不同的方法，真是唱了全首《臥薪嘗膽》，當然沒有他好聲時那麼好，但他真是唱了全首曲。這個真是不由你不佩服到五體投地，這個就是新馬師曾先生。

何非凡先生

還有一位不可不提的人物，就是何非凡先生。他的唱腔獨特，當然有人非議說是「狗仔腔」，「勾勾勾」。你唱給我聽呀！其實不容易，他是將很多種唱腔唱法混合，用他的唱法唱出來。當然他有很多唱腔混在一起，如小明星腔等，但是由他唱出來，就是他的。他的唱腔很獨特，他的做功也很獨特，身型手腳其實是比較怪的。有時候他着海青戴日字巾扮書生也紮小武架，我們有時也會問為甚麼？但與他一同做戲，就知道他的功夫如何。我與他做《雙仙拜月亭》，當時我還是細路仔，有一個介口是正印花旦被父親拉走，他呆在一旁，前幾個介口一點都不做，忍着一泡眼淚，看到正印花旦真的要走，他忽然叫一聲：「瑞蘭！」叫到聲也盡了，然後撲過去唱一段「戀檀郎」：「待郎訴與瑞蘭聽，親恩比不得夫妻永」。當時我形容大堂前好像投了一個炸彈，全場起哄，幾乎連他唱甚麼都聽不到，他真是有他獨到之處。他將每個劇本看完後，知道那個場口或介口可以做盡它，這是不容易的，演員一定要學的。不論甚麼戲，你做到平平無奇又是一齣戲，你做到高潮迭起又是一齣戲，但他們鑽入戲裏面，怎樣令到齣戲好看，怎樣令到齣戲有高潮，是十分難學，凡叔是做得到的。

【第八章】

粵劇基礎知識

行當

我出身的時候，很多舊的行當已經消失了，如正旦、夫旦、大花臉、二花臉等等，起碼已沒有了專工的。我們從哪兒找來看呢？只有聽前輩講，有些前輩本來專工某一個行當，後來沒有了那一個行當，他們都很唏噓，常常說我們以前是這樣，以前是那樣，在片言隻字裏聽到一些，不過完全形容不到那行當的面貌。直到有一日我看到安叔半日安先生做《華容道》的曹操，他本來做丑的，但他的曹操好到不得了。我那時都很不怕死，對着前輩也敢走去問。也許我那時幾乖，幾聽話，很多前輩都很疼錫我。我問安叔：「你的曹操做得那麼好，你學誰的？為甚麼會做得這麼好？」問了幾句，他望了我一下說：「傻仔！我做大花臉出身㗎！」我那時才知，他由大花臉轉做丑行。他的老旦也是非常精緻，大家都知道的，《胡不歸》的文方氏，他是做得非常好的，那即是說他可以轉行是另一回事，但他專工又是另一回事。

我們現在既然沒有了很多行當，我們要做回那種戲的時候，我認為不應馬虎，應該要找回那行當的特色出來，儘管現在很多行當已沒有了，我們找回一些舊有的，或隔行，或

從其他劇種找回一些東西。現在專工某些行當的前輩應該已經沒有了，但我們應該問一些稍後期的前輩，問他們有沒有看過某些前輩做，知不知某某怎樣做。我們將它拼湊起來，儘管不全面，但總好過我們完全不理，完全不問，胡亂捏造，所以我覺得我們應該行的路是尋回昔日的零碎資料，拼湊及整理出來。

戲行規矩與禁忌

【迷信與禁忌】

有人說戲行很迷信，我是反對的。「你們不迷信，開台前又要祭白虎？」其實為甚麼要「祭白虎」？你去問每一個人他怕不怕鬼，他當然說不怕，但是真的黑漆漆關了房門的時候，他就會告訴你知他是怕的。即是說有些人對新地方有少少懷疑，疑心生暗鬼，我們的「祭白虎」，所謂驅邪治鬼，其實是做給人看，我們做了「祭白虎」，以示這處沒有妖怪，沒有鬼，大家便可以心安理得，膽也大了。我們有時落鄉，四面靜悄悄，四面是山林，甚至是山墳，在那兒做戲，在那兒睡覺，或去廁所，要走一段不短的路程，膽怯些也嚇死了，所以「祭白虎」其實都是做給人看。

還有幾種禁忌，都是很有理由的。我們不准說游水，不要說真的去游，連講都不准，為甚麼？因為我們四圍去做戲，無水腳返歸，搭船也無錢，才要游水走。這個只是表面的理由，說是不吉利，其實真正的原因是我們落鄉去演戲，你去游水，第一不熟當地的環

境，哪裏有漩渦，哪裏有急流，你都不清楚，溺斃了怎麼辦？第二，游到筋疲力盡才去上台做戲，是否會表現差呢？所以這個才是真正的理由。

第二是不准摘青，任何青色的都不准摘，為甚麼？因為山草藥是摘番來的，如果有人受傷就要摘山草藥，你四圍摘青就是表示有人受傷了，不吉利，班中就會有人受傷了。這個只是表面的理由，真正的理由是你去到某地落鄉，你摘的植物都不知是誰人種的，摘完給人打一身，怎麼辦？給人拉了，又怎麼辦？這個才是真正的理由，只是大家以蒙頭蓋面的方式嚇着你，沒有講出真正的原因。

還有戲箱，我們說不可以踢戲箱。戲箱比較高，坐上去雙腳不能到地，於是很多人的腳都會撞到戲箱。你撞到誰人的戲箱，誰人就會失聲？一定不是，基本理由是戲箱是用來裝戲服，要耐用，常常給人踢或碰撞，哪會耐用，常常給人踢它就會爛，這個才是基本的理由。

還有一樣，我們掛起的大鑼，即是廣東鑼鼓的高邊鑼，我們叫人不要玩，樣樣東西都可以玩，高邊鑼不可以玩，一玩，班中會有人打交、嗌交。其實真正的理由是眾多樂器之中，最貴的是高邊鑼，而且每班只有一個，不會有後備的高邊鑼，如果你打爛了它，就無得做，就是這麼簡單。為甚麼高邊鑼這麼貴，除了是銅做之外，中間的鑼心是溝有白金的，所以比較貴。

我們很多樣事情都是有理由，不過沒有把理由解釋給你知道？很坦白講，做戲的人其實也很百厭，你說不可以做，他就偏偏做給你看，於是講神講鬼嚇着你，嚇到你不敢同它鬥，講神講鬼講意頭，很多都不是真實的，亦不是真的迷信。前輩用這個方式，只不過是嚇着後輩不要亂來，如果慢慢同你解釋理由，又有誰個會聽呢？一身熱騰騰當然想跳落去游水，所以用這個方式嚇你。很多人說我們迷信，我絕對不承認。為何上台又上香？這個只是尊敬，不是迷信。我們可以吃戲行飯，養活了我們，不忘其本，我們上香給張師傅也不為過，所以這是人們的誤會，以為戲班很迷信，其實絕對不是。

【戲行規矩（二）】

有人說戲班有很多規矩，當然戲行不會沒有規矩，但是有很多規矩都是師父教落徒弟，徒弟教落徒孫，未必一定有明文規定，但最重要一樣就是我們有個制度，就是「牙齒當金使」，應承了就是，不會反口，這是戲行好的傳統，不一定要寫上去，大家用心記着就是。當然我們拜師的時候，師父一定是說「飲水思源，永不忘本，尊師重道。」這是任何人都會講，不會有人教你不用講，無人教你不用尊師重道，不會教你不用飲水思源，這

是一個大前提，其實最緊要就是你應承了做一件事，應承了之後，就算你覺得蝕底，你都要去做，不能夠說給人搵笨，打電話給對方說不做了，我們這行是絕對不可以的。或者我接了這一班，忽然有另一班訂我去很遠的地方做戲，或者賺很多很多錢，你不是不可以要求，但你不能說這兒我賺多很多錢，一定只能要求對方可否放你一馬，可不可以放你去那邊，那邊你可以賺多很多錢，或者對你的名譽地位提升很多，如果這一邊的主人翁有人情講放你，你應該多謝他，這不是應份的，我們這一行就算這邊沒有錢做的，另一邊給了很多百萬給你做的，你應承了這邊，都不能去那邊，這是我們一路以來的規矩。

另外，上到台有甚麼規矩？我記得我剛剛拜麥炳榮先生做師父的時候，有一次他與六姑譚蘭卿女士一起做戲，六姑為人很「叔父」（前輩），她問我：「你師父有無教你邊隻腳踏上台？」幸好我還記得哪一隻腳踏上台：「左腳囉！」她說：「呀！咁真係有教嚕！」我們這一行很奇的，不明是甚麼理由，不論幾多步級，踏到上台的那一步一定是左腳。很多叔父往前行的時候，忽然會窒一窒，原因是他踏上台那隻腳不是左腳，他就會窒一窒，然後換回左腳，後期已很少見這個習慣。

還有一樣就算無論你是否正在做戲，在台口經過，一定是由雜箱角上，衣箱角落，即是按「出將入相」的規矩，順圓台的行法。你上了台，就算你在台的前面上，望見自己的箱位就在雜箱角，都不會立即行入去，一定先走出去，在衣箱角入回後台，這是一般的規矩，現在都沒人會遵守。

另外一個就是「祭白虎」，新台或移動過的台，我們都會祭白虎。「祭白虎」之前我們有例不准出聲，不打招呼，到祭完白虎後才出聲。甚麼時候開始不准出聲？就是眾人箱的神箱，即是擺放師傅位那個神箱打開了，搬了師傅出來，即是我們的祖爺搬了出來放在神位上，那時開始不准出聲。原因何在？因為最早期搬箱，工作人員一邊拉箱，一邊說哪個箱放哪一處，怎會不出聲？但到了師傅升了座，就開始不出聲，不准出聲之餘，我們上到台怎知是否已經祭了白虎？有的早些，有的遲些，但以前就一定是臨開場前才祭白虎，一祭完白虎就開始做《封相》，現在很多改了。這個台是否需要「祭白虎」，行話叫「祭白虎」做「打貓」，因為老虎像貓，我們自己就會叫：「打咗貓未呀？」不需要問的，一上到前台，向台口一望，見橫放了一張椅，椅背對住觀眾，一定是未做「打貓」，做完一定把那張椅扶正。第二，若果由後台上來，神箱即擺放師傅及盔頭的箱，有頂紗帽插了花，另外有支伏虎鞭紮着紅球，一定知道還未「打貓」，因為做完了之後，一定會收埋，所以這一些規矩一定要知，你不需要四圍問：「打了貓未呀？今台需不需要打貓？」一望就知！為何說「打貓」之前不准出聲？其實都不是因為迷信，因為「打貓」一定是第一日，第一日到了新地方是否要留一個好印象，不想你們談話談到心散，大家都不出聲，便會專心做事，亦不敢四圍行，因為是第一日，每一個人一定靜靜的自己裝身，所以「打貓」是有個好處，除了可以令大家心安理得之外，還有可以集中精神晚上演戲，給個好印象，打響頭炮，就是那麼簡單。

【戲行規矩(二)：祭白虎】

「打貓」之前不能出聲，甚麼時候開場呀？甚麼時候響鑼鼓呀？其實是很有規矩。我們有一個專門在台口搬枱搬櫈的工作人員，我們叫「外雜」，即是雜箱的外場，又叫做「台口」。那個人當然要先關顧演員，到某個時段他會點着支香，因為要「打貓」，我們的伏虎鞭是掛着一串炮仗，說是煞氣，又說辟邪驅妖。好了，甚麼時候開始做呀？那個「黑面」，即做玄壇那個演員不同一般慣例。我們是先裝了身，然後才勒頭，他卻是勒好穿好不化妝。那個扮虎形的，即是做老虎那個演員，穿了一套「巴衣」，即是穿了那套老虎的衫，虎頭暫不戴，因為虎頭與衣是相連的，好像我們的羽絨衫有羽帽，連着件衫的，蹲在虎度門口，暫不笠虎頭，不能出聲，不能照鏡。當然不是一早就蹲在此處，是等到差不多時候才蹲，最緊要是睇棚面師傅是否已上了台？因為沒有鑼鼓怎能「打貓」。見了棚面師傅，即是鑼鼓位那邊，上了台，坐定了，鑼鼓那邊一點頭，中間的「坐倉」再點頭。

鑼鼓與「玄壇」中間有個駁腳，那個其實是總經理，我們叫「坐倉」，其實以前的「坐倉」是睇「打貓」的。另一邊是化妝位，有一個打面架，打面架前面有三碗顏料，是紅黑白三色，鉛粉是白色的，銀朱是紅色的，烏煙是黑色的，當然有筆和鏡，那個做「玄壇」的演員，一定企在化妝位等候。棚面師傅點頭，坐倉再點頭，飾演「玄壇」的演員就埋去開始化妝，寥寥幾筆，不用太多，很快便化完，放低筆，外雜就交支鞭給他，外雜手拿着一支香，跟着「玄壇」行出去。甚麼時候打鼓師傅響鑼鼓呀？都是不用叫的，何解呀？因為「玄壇」臨出去，一點着一串炮仗，在虎度門一伸支鞭和一串炮仗出去，就響鑼鼓，這個是叫「影頭」，即是說不用問的，因為我們不可以出聲，於是一伸支鞭和串炮仗出去就響鑼鼓，「玄壇」便衝出去，連着一串炮仗一掃，由雜箱角出，從衣箱角入返來，後台早就開了路給「玄壇」經過，兩邊攔住，不許其他人行，說撞到不吉利，有人說撞到會死的，但這個又未必。後台中間一定留一條路，是不想阻礙「玄壇」路過，窒礙那道煞氣，這個是「打貓」的規矩。玄壇由後台走出台口後，繼續做，做到鎖住了那隻白虎，一拉到後面，食住鑼鼓三才，之後全台人大聲嗌「喎呵」，據講話煞氣，即是說這一句「喎呵」，就是告訴大家現在可以開得聲了。

還有一個規矩就是做完《六國大封相》要逐個箱位去講「辛苦」，點解？因為做《封相》前是「打貓」，「打貓」前人人不能出聲，不論在台前台後見到任何前輩都不能說話，連招呼都不能打，於是做完《封相》才逐個打招呼。以前做完《封相》是有段時間給人賣藥的，或在台上玩「三上吊」，有少許休息時間，但現在休息的時間少了，因為沒有人賣藥，又沒有人玩「三上吊」。以前為甚麼規定做完《封相》，要四圍嗌「辛苦」，就是因為上了台之後，還未叫過人，不曾向前輩打招呼，所以就要逐個去打招呼，逐個箱位去叫，就是這個意思。

基礎知識

【做手基本】

空手的手部動作泛指為做手。做手有一個基本要求，是眼睛跟着手，這是我們初初學做手的基本，無論你做甚麼動作，你的眼睛首先跟着雙手。拉山也好，拉了過去，再回頭，第一動作有威勢，或者你食了一下鑼鼓，有一下眼神，或身型的變化，令到整個人有點威或有勢。其次就是一雙眼睛不用不知望哪裏才好，這個是基本知識，一定要先望自己隻手。有人問：「攤手是否要兩隻眼掰開？」當然不是！你隨便望一邊就可以，攤手的時候都是先望住其中一隻手，然後才再面向着台口，這個是我們做手最基本的知識。

示範片段 8-3-1

【拳與詠春的關係】

除了做手，空手的還有拳，我們叫做手橋。一般的手橋是對打的，就算不是對打的時候，擺起個姿勢，你都要似真是識功夫，如若不然，就會像軟手軟腳的樣子。其實我們的拳套來源，與詠春派是有很大的關係，我暫時找不到百分一百的證據，但跟據詠春一代宗師葉問先生的公子葉準師傅親口對我說：「我們是同路的，你們的祖師張五，亦是我們其中一個尊敬的師傅。」我們在拳套裏面亦都溝雜了洪拳等的拳套，為甚麼與詠春的關係那麼深呢？這個我暫時只有少少證據，未敢百分之一百肯定，但是據說有研究詠春拳歷史的人，研究到最終點竟然落到了紅船，即是與我們有關，可見大家都是一脈相承。我們與詠春是很相似，我們的木人樁與詠春的樁是差不多，我們有時出拳都是短拳，紮馬也是很相似，雖然我們未曾一一印證。當然與詠春的出手有些不同，但一般來說是很相似的，所以我們應該去查證一下，究竟我們的手橋，我們的拳套，是否大部份出自詠春的拳套呢？但查起上來，張五師傅的年代，其實還未叫做「詠春」，但叫做甚麼名稱？這個是我們以後要查證的。

基礎知識

【掛刀】

掛刀、掛劍，其實在戲曲上是有不同的。很多劇種的掛刀是這樣掛的，刀柄在身後，刀鞘向出，即是拔刀的時候是右手從背後拔刀。掛劍剛好掉轉，掛劍是劍柄向出，劍鞘在身後，刀和劍是不同掛法。但是我們廣東戲，其實很多前輩掛刀都是這樣掛，刀柄向出，刀鞘在身後，如掛劍一樣，出處何在？有沒有特別理由？這個我不知，但是很多劇種，掛刀都是刀柄在身後，刀鞘向出。據說清朝時候的人，掛刀都是這個方式，即是那些做清兵的，都是這樣掛刀，理由是有的，但為甚麼我們廣東戲又沒有奉行呢？這個就有待查證。

【單刀】

提到單刀，我們有個口訣：「單刀睇手」，睇哪隻手呀？睇無刀那隻手，即是睇空手那隻手。如果你要單刀，那隻空手處理得不好，不論你做甚麼動作，那隻空手都會是左搖右擺，很難看的，所以要注意這隻空手，同時對於平衡，這隻空手是絕對有幫助的，希望大家注意。

【雙刀】

單刀睇手，雙刀又睇甚麼？「雙刀睇走」，是睇腳步。要刀的時候，腳步去到哪個位置。腳步影響整個身型，你整個身不順，兩隻手就會攞住，所以雙刀就要睇走，即是睇腳步。

【大刀】

大刀就要睇定口，甚麼叫做「定口」？

因為大刀劈頭（「咪頭」）的動作特別多，很多時整把大刀揈了出去之後，人家有甚麼失誤的時候，你能否留得住把刀呢？這個就是為甚麼會叫做「定口」的意思，大刀揈了出去的時候，你還留得住把刀，你才算得夠功力。

【大刀對打安全事項】

揸大刀的人成日劈對方的頭（行內叫做「咪」頭），與他對打那個人，剛剛相反，成日被他劈頭（「咪」頭）。你低頭的時候，怎樣才不會危險呢？其實有一個秘訣，以前並不是甚麼秘訣，因為個個師傅都會教的，現在講起來，又好似有些人不知道，這個是一定要記住。你對着把大刀，低頭的時候，整個人向前，不要向後退縮，因為你越怕，那把大刀就越會劈到你，因為它伸了出去的時候，萬一留不住手，你向後一縮，刀口就在你那兒過。大刀最有殺傷力的地方就只有刀口，如果你撞到刀柄，其實殺傷力不是很大，最多碰一下，你遇到大刀劈頭的時候，最好就是將頭向揸大刀那個人的腋下衝去，永遠向着他的腋下低頭，他一世都劈不到你，因為把刀肉出了去，這一秘訣一定要記。

【大刀刀口】

揸大刀還有一件事要注意，最重要是亮相的時候，刀口對着那一方。我們揸單刀很易控制，但揸大刀，一輪舞動後，你就一定要在亮相前，將刀口分得很清楚，是應向着哪一邊，尤其是有些大刀放得不妥當，刀柄有少許彎曲，更要特別注意，不然會很難看。

【掛劍】

我們掛劍做戲，有一件事演員是要注意的，就是那條掛劍繩的平衡。如果劍頭太重，在你做戲的時候，那把劍很容易滑出來。現在有人用橡筋將它箍住，我們以前，除非你是做《林沖夜奔》，如果不是，不准箍住，因為你不是要表演很多動作的時候，你就要學到它不會飛出來。掛劍繩的平衡是很重要，將劍頭微微昂起，如果劍頭向下墮，除了容易飛出來之外，還有個問題就是劍穗如果太長，很容易自己踩到，所以做演員一定要注意，不是交由衣箱去搞劍的平衡。

【掛劍位置】

掛劍之前，你要知道這場戲有多少動作，如果你只是穿着大靠、小靠或坐馬，掛住把劍只是用來擺姿勢，或拔出來殺人等動作，你可以掛前一些，即是掛在腰旁。如果你要做很多動作，如做《林沖夜奔》，你就要掛後少許，為甚麼？因為劍掛得太前很容易鈎到其他東西，掛後少許沒有這麼容易鈎到，這個亦都是要注意的。

示範片段 8-3-5

【耍劍（劍穗）】

如果你要耍劍，最需要注意的是劍穗。耍劍其實是耍劍穗，耍劍除了耍劍肉的勢之外，最重要是要照顧劍穗，不要碰到其他東西，你亦要注意劍穗的重量、長度，如果不是你練慣那個長度，不習慣那個重量，太輕，你又要不到，太重，你又吃力，所以自己一定要選擇合適的劍穗。如果你發現太輕，首先看看是劍穗太輕，還是劍穗的穗頭太輕，如果是穗頭太輕，很容易解決，用兩個錢穿在穗頭裏面，釘住它，重量就夠了。

基礎知識

【劍指】

我們常聽到人家說「劍指」，空手那隻手指叫做「劍指」，其實凡揸劍，空手那隻手都是用指的。刀就用掌，劍就用指，這是規矩。

【揸大刀睇大刀尾】

揸槍就要睇着槍頭，揸大刀剛好掉轉，睇大刀尾，因為不會碰到別的東西。睇着大刀尾，你自自然然會將個身體避開大靠、背旗等東西，睇着大刀尾就不會碰到別的東西。

【揸槍】

我記得學戲第一日是學揸槍，師父袁小田老師告訴我，揸槍一定要揸到盡，只留下槍尾，不能揸得太上，因為這樣較危險，會打到自己，或互相過位時會造成妨礙，所以我們需要切記。除非某些槍花是需要揸半把，不是全把的，如果一揸全把就要揸到盡，這個是我師父教落的。

【槍纓】

槍纓有何用途？其實在我們戲曲界，很少師傅可以告訴你，槍纓用來做甚麼？武術界就有講了。劉家良師傅也曾説過，槍纓叫做「血擋」，是用來擋着血的，因為在實際使用的時候，你一槍刺中了人，敵人的血很容易噴到你的面上，封着了你的眼，你眼裏入了血，打的時候就很危險，於是有槍纓在幫你擋住那些血，好使那些血不會直接噴入你的眼，或噴向你的面。纓只有黑白紅三種顏色，紅色表示染了血，黑色、白色是原來的顏色，因為槍纓通常都是用牛尾或馬尾做的。

示範片段 8-3-6

【耍槍睇槍頭】

揸槍還有一個要訣，就是要看着槍頭。為甚麼要睇槍頭？因為耍「花」的時候，睇着槍頭就不會碰到你身上任何物件，例如你穿着大靠背旗，耍槍的時候，睇着槍頭，你的身體就會跟着變，槍就碰不到背旗了。

【扇的代表意義】

扇的使用常有爭拗，為甚麼？好像這場戲是發生在冬天，拿扇出去，是不對的，不過北方人玩扇是不分春夏秋冬，特別是文人，大家互相送扇，題字，寫畫，用來欣賞，帶出外時是不會用的，所以我們常見很多劇種，皇帝登殿都拿扇。有人說殿上有宮燈御扇，御扇是用來為皇帝撥涼，為何皇帝仍要拿扇登殿？其實是表示他喜歡書畫，與春夏秋冬無關。如果在形象上解釋不來，可免則免，因為旁邊的演員可能着了雪褸，你若拿了扇出來，觀眾會覺得你做錯了！一個凍，一個熱，不可以的，所以我們做戲，若果要拿扇出台，就要分清楚需要撥，還是不撥，是否用來擺樣而已，這個是要分得很仔細的。

【扇的知識】

扇有很多表演方式，如要扇花，這些暫且不談，因為牽涉技巧問題。首先要談的是對扇的知識，怎樣開扇呀？很多人都是用力一撥就開了扇。如果你做個孱弱書生，你會不會這樣大力開扇，一定不會，做武松就可以了，所以拿扇也要分文武。文人是用左手旁着開扇，慢慢開，如果文人大力開扇就會很粗魯。另外一樣是收扇，文人收扇會要少少花，慢慢收，有少少技巧，雖然都是有聲，但只是細細聲，不會很粗魯，其實文武拿扇都有不同。

【扇的處理技巧】

在做戲的時候，若果你拿着一把扇，但兩隻手又要一齊做戲，那把扇如何處理？戲服有袖的可以放進袖裏，無袖的可以插衣領，但是要小心處理。如果你用扇頭插入衣領，因

為扇頭闊，可能插不進去，你一定要先抛了窄的扇尾在手的前方然後插入，就可以插得進去。這個是我們拿扇必須知道的技巧，不是難做的技巧，而是一定要知道。

【撥扇】

我記得有位前輩説過：「撥扇，甚麼人撥甚麼地方呀？」我想這個可能是笑話，不過講給大家聽聽都好的。他説：「文人撥手，女人撥口，和尚撥頭，抬轎佬撥屁股。」文人撥手，意指撥袖籠，女人撥口，用來遮着個口，這兩樣在戲台上有時都可以做到。第三樣「和尚撥頭」，我也在懷疑中，一般在戲台上撥頭的是多數是花花公子，不是和尚，還有一樣是抬轎佬撥屁股，向後大力撥，相信是表示粗魯的意思，不是一個標準的。

【開扇】

有關扇的研究，開出來，開到盡，在戲台上是會很好看的，但如果你做一個書生，似乎不用把扇開太盡，會較好看些。通常我們都是用十六骨的扇，不用把扇開到盡，十六骨

基礎知識

的扇開出來也有些睇頭。若果想把扇開到盡，做武戲比做文戲較適合，做文戲就不一定開盡它。

【筆】

在台上常看到演員寫字，以前當然是用毛筆寫字，但現在的人對毛筆的認識未必深徹，所以必需要學。有時我們會看到一些拿筆蘸墨取毛的動作，因為毛筆的毛有些參差，需要取去多出的毛。另外，拿筆的方法與鉛筆和原子筆不同，是用拿毛筆的方法。有時我們穿着了闊袖的戲服，我們一定要撩起衣袖，不要讓衣袖沾了墨，弄污件衫。寫字的時候，我們要好像寫中式書信一般，由上到下，由右至左，不要像寫英文信般打橫寫，這個一定要注意的。

【書柬讀信】

在台上讀信或讀書柬，那封信或書柬很可能是三摺，如果是急切時，多數不會打開，一拿上手就讀。急切的時候就不用理會，因為是表現抽象的感覺，有時間才打開。雖然是三摺的紅紙柬，若有急切的事情發生，如要班救兵，你一拿上手，如果還要打開來看，就會很「論盡」，所以在台上很多事都是抽象的，儘管那張紅紙柬是真的，但你的感覺其實都是抽象的。或可能是一封信，要開信封取信出來，也是十分「論盡」，所以在台上那張紅紙柬是萬用的。

【紅紙柬】

在戲曲舞台上，一張紅紙柬可以代表很多東西，可以是聖諭下來，是皇帝批的公文也可以，是為官的官吏過柬又可以，文人的書信亦可以，總之紅紙柬是萬用的。讀的時候必須認真地依照讀中國書信的方式讀，即是由上至下，由右至左。

練功

【拉山】

很多人說「拉山」，為甚麼叫做「山」？其實兩隻手加上中間的人，就是一個「山」字。我們廣東班是「洗面拉山」，不是「雲手拉山」。拉山的規矩是鼻尖落心口出，開門見山，是推出去的感覺，不是拉過去。「拉山」是兩隻手洗面，向下落，推出去。

示範片段 8-4-1

【企】

學做戲，首先要學「企」。有人說：「哪有人會不識企呀？」台上的「企」與你日常的「企」真是有分別的，舞台上是要企得很直。有人說：「好似頭髮被人吊起，個人就會拉直。」這個感覺是對的。還有一樣是要壓住膊，不可以縮膊，腰要挺起，收緊臀部，頸用力，頭頂向上，人企直，不容許側斜俯仰。

示範片段 8-4-2

【行（起步）】

行有很多種方式，起步是要學的。你兩隻腳站着，如果你行左腳，左腳即是前腳，怎樣才可以行得整齊及輕盈順溜？首先你企的時候，臨開步前，你把整個人的重心落在右腳，放鬆左腳伸出去，即是以右腳做主力，左腳是虛的，你就可以行到。如果你兩隻腳都用力，你行的時候人就會左右搖擺，所以一定要學起步。

【習】

我們常說「練習」、「學習」，相信大家常會聽到。為甚麼「學」要有一個「習」字，「練」又要有一個「習」字？其實「習」是最重要，你學識了不去「習」就會將所學的交回師父。你練而不「習」，你練成功了某些動作，跟着你不去「習」，很快便會忘記了。就算你還記得，就算你還做得到，但你不會覺得熟練。我們常聽人說「爐火純青」，某些演員一上到台可以揮灑自如，怎樣得來的？就是「習」得來，他已經習慣了，不用提點，亦不用刻意照顧，他如果要做某個動作，事前一定會鋪墊好。為何會鋪墊好了，就是因為「習慣」。你見他完全漫不經意就做到某些動作出來，所以這個「習」字千萬不能小看，

練功

不要以為學了、練了、成功了便可以，每一樣動作都要熟習。我們以前見很多前輩，包括我開山師父新丁香耀先生在內，凡是做花旦的男人，平日都是手腳疊着，很斯文，他們就是要習慣，如果他們平日很粗魯，上台怎做花旦？他們怎會斯文？記住這個「習」字。

【第九章】

學藝感言

【睇戲】

我記得拜師的時候，我師父（麥炳榮先生）還有一個條件，就是「我每逢出台做戲，你一定要在虎度門睇，如果我做緊戲望兩邊虎度門都見不到你，我入來就打你。」初時我自己也不明白是甚麼意思，不過他這樣講便跟着做吧，現在就明白了。原來日日睇戲，熟悉所有戲場，簡直是把所有程式吞了落肚，已經消化了，當你在台上演出的時候，自然就可以將全個程式做出來。

【科技】

社會在進步，科技也在進步，但是科技越進步，可能藝術越退步。我初時也不明白是何道理？現在又有錄影，又有錄音，為何不可以錄了自己做的戲，慢慢回去自我檢討，請老師指導，應該是一個很好的門路，為何現在剛好相反？我後來才發現，科技代替了記憶，所以他們自己就不去記憶。現在有人問我：「想你教我做《送子》，可不可以錄了它？」我說：「可以，但你不會識。」為何會不識呢？已經錄影了，錄影了還學不識？沒錯！因為你不會去記，每一次都是看完錄影便馬上做，這個只是應付。我們有句說話叫做

示範片段 9-2

「熟能生巧」，你連熟也未熟，怎可能做得好，所以必須要靠自己去記，然後所學的才可以永遠保持在你身上。

【與觀眾的關係】

觀眾為甚麼要花錢、花時間坐在台下看你做戲呢？是因為他欣賞你。你要問問自己有沒有值得他欣賞的地方？如果他做任何動作都好過你，他不用坐在台下欣賞你，所以我們一定要本着一個宗旨，就是我們的表演是源於生活，不過一定要高於生活，我們要做到有藝術表演出來，也要將真善美呈獻給觀眾，令到觀眾滿足，否則他就不會睇你。

【練功過程】

正在練功的朋友，一定會遭遇到一種情況，就是練到某一個階段，忽然有一日，你所有以前做到的動作，突然全部都做不到。打飛腿又掃又歪，半邊月又斜，怎麼會變成這樣子？不用驚，不用停，繼續練下去，不過要有老師在旁睇住練，不可以自己胡亂練習，因為胡亂練習，方法一錯了就很難返轉頭，有老師在旁睇住，老師會幫助你。如果你的半邊月打斜了，老師會教你「鋪」前些（向前），慢慢你便不會斜。為甚麼會有這個現象呢？我不是醫生，不知道生理的原因，但是每一個練功的人，都一定遭遇過類似的情況，不過這是有好處的，因為大約經過一個星期，忽然之間你又可以做回所有動作，而且更進了一步，其實這是進階之前的考驗。

【變聲】

從小學戲，到了十三、四歲時，男孩子通常都會變聲。當然有些人早，有些人遲，有些人變聲期長，有些人變聲期短。忽然之間變聲是令人很害怕的，因為我經過這個階段，忽然聲線變得低沉，完全用不到平日自己可以唱到的「聲」。這個情況令我很驚，當時我

示範片段 9-5

因為要謀生，要不斷的做戲，在這種情況下，我沒法可以休息。在沒法休息的情況下，我變聲變得很壞，到變完聲之後，連「工」的音階都唱不到，很辛苦，後來是我慢慢再練回來。我奉勸大家，如果變聲的時候，第一不用驚，第二不要勉強的唱。當然有個老師一路帶着你更好，如果沒有的話，不要勉強的唱。某個音階唱到就唱，唱不到就不唱，千萬不要勉強的唱，經過一段日子後，慢慢就可以恢復。變聲之後，最難是怎樣找回自己把聲，因為連自己都不知道自己把聲變成怎麼，所以找回自己把聲的耐性是必須要有的。

【藝術進程階段】

戲曲藝術的進程可以分為三個階段，第一個叫做「繼承」，必須老老實實地繼承前輩所教的東西。他怎麼説，你要做到足，不必去質疑，不要自己想方法去走捷徑，因為你想方法去走捷徑不是騙到老師，而是騙了自己，這個過程叫做「繼承」。有人問「繼承」之後第二個階段是甚麼呢？當然是「發展」了！其實不用自己刻意去把某些東西去「發展」，因為你不等同是你的老師，你的先天條件與老師未必相同，你學了他那套功夫，變成你自己的，就已經是「發展」，這個「發展」不用刻意去做。第三個階段就難了，不是每個人都可以做得到，這個階段叫做「創作」。你的「創作」是基於自己學養，還要基於自己的

先天感覺。有些人一世做名演員，他做得很好的，但他沒有創作，因為他不去創作。有些人就是如此，但未必是不好的，不一定要創作才好。他不去創作，他只是好好的去繼承所有的東西，變成了自己的，當然這個要發展得好。發展得好等同於其中一個創作，不一定要創新。不一定是要以前沒有的，與別不同的，所以「創作」這兩個字，我們要認識它，不是每個人可以創到新東西出來，沒有創到新東西出來的也可以是好的演員。

【新與舊】

在戲曲藝術界常常聽到兩個名詞，一個叫做「改良」，一個叫做「創新」。首先，「改良」為甚麼叫做改良？不是改人之良，不是將好的改了，而是將有問題的去改好它。如果那件東西沒有問題，一直都無事的，很好的，我們為甚麼要改了它，這個就是目標問題，不是一定樣樣都要改，樣樣都要創新。還有「創新」的「新」字是值得商討，「新」字只是等如「新」，並不等如「好」，未必比「舊」的好。另外一個「舊」字，不等如「不好」，創新的人整天說這些東西舊了，舊不一定不好，所以「好」與「不好」的標準不要放在「新」與「舊」之上。我是絕對贊成創新，但是創新最初期只是一種嘗試，一定要嘗試，

示範片段 9-7

是否可以接受，是否真的好。你一定要自己認清楚，如若不然，一味創新，就迫自己入了「創新」的牛角尖裏，走不出來，所以我們真的要認清楚甚麼是「好」，甚麼是「不好」，「新」的是否好過「舊」的。是好過「舊」的，我們就做「新」的，好不過「舊」的，我們返轉頭做回「舊」的，沒有問題，不會有人笑你。反璞歸真，認清目標，這個才是最重要。

【戲曲舞台】

我在一九六九年已經號召搞了一個「實驗粵劇團」，其實那時很想去改良及創新，當然那時只是一腔熱血，略懂皮毛，沒有太多真才實學，只是與一班

萬福臺

志同道合的人一起嘗試。但是在這個過程中，我學了很多東西，學懂了甚麼是「新」？甚麼是「舊」？甚麼是「好」？甚麼是「不好」？慢慢認清楚。後來我有機會去世界各地不同的地方演戲，每到一個地方，我一定看當地的表演藝術，當地的舞台，甚至一些土人的表演，很粗糙的表演，我也去看，因為它們也有值得參考的東西。看完回來，我發覺兜了一個很大的圈，回頭看看自己的舞台，我可以向大家講，我不敢說是世界之最，但可能也是世界之最的其中之一，就是我們的中國戲曲舞台，是世界上最好的舞台之一。

【傳統戲】

我們出身的時候，師父一定說要學些古老戲，這些叫做「嫁妝戲」。為甚麼叫做「嫁妝戲」？你沒有嫁妝就嫁不出，即是沒有人請你。其實我出身的時候，台上已經很少人做古老戲，即是那些最傳統講官話的戲。為甚麼一定要學古老戲？原來真是有好處的，很多程式，很多鑼鼓，特別是對於「梆子」、「二黃」的感覺，是完全分得清清楚楚。所以學了古老戲之後，便會很踏實的知道在這個舞台上，應該怎樣運用鑼鼓，怎樣上場下場，連坐哪一個置，怎樣埋位坐，也清清楚楚，這個是古老戲很認真的地方。新戲因為沒有規限，你喜歡哪邊出場，哪處入場，可以任你安排，但古老戲是有非常嚴格的規限，所以我

示範片段 9-9

現在仍然勸很多後學，一定要學幾套古老戲，你不一定要用，但一定要知，一定要練，一定要學，因為這些是基礎。

【認識穿戴】

戲曲上的穿戴，一定要學，不是你喜歡穿甚麼就穿甚麼。表面上我們廣東戲的穿戴是很自由，給了你一個角色，你可以自己決定戴甚麼，穿甚麼。其實戲曲的穿戴，是有許多規矩在裏面，如果你不知道，就很容易穿錯。我們戲曲界常說「寧穿破，不穿錯」，這是要學的，不是自己靠估的。不論穿了甚麼，戴了甚麼，如果穿戴錯了，在台上演戲的時候，是會妨礙自己的演出，自己也會覺不妥，礙手礙腳，而且出到台演戲，必須要照顧穿戴，不論做任何動作，所穿的是哪一類戲服，都要一絲不亂。如果你只是做些簡單的動作，身上的帶子右邊搭了左邊，左邊搭了右邊，就是你不夠斤兩，所以這個除了知識之外，還要練習，這方面必須要注意。有的人可以弄到兩條盔頭穗，一條在前面，一條在後面，做完整場戲，其實是不能接受的。每一件事都要很仔細，你一定要感覺到身上的配件在甚麼位置，如果亂了，要想辦法將它放回原位，因為在觀眾眼中是很難看的。如果帶子一條在前，一條在後，換了你是觀眾，你會接受嗎？所以做演員必

須要學識穿戴和懂得照顧穿戴。

【讀書】

我們做戲曲演員的，一定要知道，練功練功再練功，學戲學戲再學戲，讀書讀書再讀書。為甚麼要讀書？因為我們做的戲很多涉及歷史，或者涉及古代的名著，你甚麼都不懂，如何做個人物出來？如果你反駁我：「舊時話唔窮唔學戲，很多前輩可能連字都不識，他們怎樣讀書呀？」他們自有他們的方法，就是聽老先生講故事。以前我們很多師傅教戲的時候都是講故事給你聽，《金蓮戲叔》的武松是怎麼樣子，講來龍去脈給你聽，那麼你便知道如何去做武松了，其實這個也是吸收。如果你肯去記，用心去鑽研，這個也是讀書，不過現在大家都識字了，為甚麼不多買些書來讀？我提議大家讀金聖嘆先生所講的六大才子必讀書：《三國演義》、《水滸傳》、《西遊記》、《西廂記》、《聊齋誌異》和《紅樓夢》。如果你讀了這幾套書，對做演員的幫助實在太大。

【文武老嫩】

有人說戲曲演員最可悲就是化裝說故事，即是說我扮了某個形象出來，向你說故事，這個真是很可悲，尤其是做到某個階段的演員，應該是做人物出來。甚麼叫做人物呢？即是這個戲，我派了趙雲給你演，你應該怎樣去演？我們曾聽過一些很好笑的說話，就是很多觀眾說：「這樣才是趙雲！」你見過趙雲麼？你沒有見過，我也沒有見過。如何塑造一個趙雲出來？其實是憑想像，想像從何而來？是依賴你自己的學養。你讀了幾多書，聽了幾多故事，你知道如何去捉摸趙雲，如何塑造趙雲這個人物。首先是怎樣分析人物？就是文武老嫩。文或武？老或嫩？第二個層次就是甚麼身份？是皇帝還是賊，一定要分

「甘露寺」的趙雲扮相

得清楚。分清楚之後，然後才去了解這個人物的歷史和事件。如果這個人物是有歷史的，就讀歷史，沒有的就讀小說，總之因應這個人物的過程、遭遇，去塑造人物出來。為甚麼觀眾說你像？是觀眾都是憑自己的學養，覺得趙雲就是這個樣子，而你做得出來，觀眾就覺得你像，其實大家都沒有見過的。如果不讀書，不去研究，就一定不會有人物演得出來的。

【面貌】

很多名演員很早就塑造了自己的形象，他知道自己怎樣裝身是最靚，自己怎樣穿戴是最靚，怎樣勒頭是最靚。這個情況有好處，但亦有不好的地方，就是你做任何角色都是這個樣子，這樣裝身，任何角色都是這樣勒頭。那你有無變化呀？有！有表情可以變化呀！如果你面貌完全沒有變化，只是表情有變化，仍然是蝕底的。為甚麼會蝕底？就是給觀眾第一個印象。為甚麼有人會勒頭勒得高些？有些人會勒得低些？為何有人勒到低眉失額？所謂齊眉生、窮生如呂蒙正之流，是勒得很低的，觀眾一眼望上去，就知道他在失運中，這個人正在倒霉。如果你一直只講求自己的裝身漂亮，永遠都要靚，雖然美是重要，但不是油頭粉面那種靚，切合角色是很重要。如果你做武松，裝扮成張君瑞、賈寶玉的樣子出

來，你認為似不似武松？不單是裝身，你的做派也很重要。很多人做武松，快將出台的時候，會抹一些油，抹落額頭處，整個人馬上閃亮起來。我們見到很多擔擔抬抬的苦力朋友，在太陽底下，不理是汗又好，油又好，整個人都「令立立」，武松就是這個樣子，你就要做到武松是這個樣子，這也是另一種美，就是切合人物的美。做演員切忌千人一面，我們是要一人千面。

呂蒙正

武松

【鴛鴦蝴蝶】

我出身的時候，粵劇界可以說是被鴛鴦蝴蝶派的故事壟斷，是百分之一百的壟斷，齣齣都是生旦談情戲，不論哪齣戲是講甚麼國家大事，民族大義，一定要生旦談情，所有事都與生旦有關，就這樣我們損失了很多好的故事。《霸王烏江自刎》、《趙氏孤兒》、《十五貫》等戲，生旦沒有甚麼情可談，甚至有些戲連花旦也沒有，如做三國戲，因為鴛鴦蝴蝶派的壟斷，我們損失了很多戲。在一九六九年我搞實驗粵劇團的時候，其中一個抱負是希望去改善這個情況，令到粵劇界有更多姿采的戲，更多方面，更豐富的戲，重現我們的舞台上。以前古老戲也有些不是生旦談情的戲，後來因為鴛鴦蝴蝶派的入侵便沒有了。你是否認為我是反對鴛鴦蝴蝶派呢？這又不是，但絕對不是百分一百支持。現在情況好轉了，是否與「實驗粵劇團」的推動有關，我就不知道，也不敢說功勞歸於「實驗粵劇團」，但現在真的多了很多非鴛鴦蝴蝶派的戲，也有不少觀眾欣賞。以前不是鴛鴦蝴蝶派的戲，很難有人入場看，不過現在改善了，《佘太君掛帥》、《十五貫》、《呆佬拜壽》、《大鬧廣昌隆》等劇本，甚少談情戲場，也有人看，我覺得現在是進步了。

【練功的時間地點】

現在很多新朋友常常說：「我想練功，但是無地方，無時間。」你不要對我講，哪個有時間？哪個有地方練功？時間是你自己掌握。荒山野嶺、公園，四周都有地方，怎會無地方？我告訴大家知道，我最早期是在何處練功？我是在現時伊利沙伯醫院所在地，未建醫院的時候，是一片荒山野嶺，那兒叫做「京士柏」，我就是在那處練功，凹凸不平，好天曬，落雨淋，哪會沒有地方。現在這麼多公園，就算沒有大的公園，也有市肺，很多高樓大廈中間都有一塊空地，處處都有，那就可以練功了，練功不需要很大的地方。另外一問題是時間，「我要返學！」千萬不要誤會，不是叫你不去返學，可不可以返學前早些起床？可不可以返工前早些起床？現在我不希望大家把無地方、無時間去做藉口，這兩樣都是不容許的借口，自己一定要立硬心腸。如果你真是想做一個戲曲演員，就有地方，有時間，你一定練到功，一定抽到時間出來，這個是自己有沒有恒心去做一個真正的職業戲曲演員，都是看你自己而已。

【恒心】

如果你告訴我，你想做戲曲演員，那我會問你：「捱唔捱得苦呀？」「捱得！我好捱得的。」我會再問：「受唔受得氣？」「都受得的！」還有一樣，你一定要問自己有沒有「恒心」。練功不能一曝十寒，今日練個死去活來，明日太疲倦起不到床就不練。記着特別是練功，每日必須要練，時練時停，不會長功。還有，你以前辛苦練的是白辛苦。我們偶然一日，師父迫也好，自發也好，想去練某一樣功夫，拚命練了一日，翌日全身骨痛，難於起床，也要起床，也要練。「嘩！我好痛，怎練呀？」也要練，那才會長功。恒心只是每日都去做，不是說日日都要練到筋疲力竭，但是一定要日日去做，日日去練，千萬不能放棄。說辛苦，休息兩日才練，這樣是沒用的。一曝十寒固然不好，但是斷斷續續也是不好。你要記着，千萬不可以讓自己以前辛苦練的變成白辛苦，吃虧是你自己，想想吧！

【收鑼鼓影頭】

我們與鑼鼓的配合，叫做「影頭」。有些人以為手影就是「影頭」，如滾花的手影，

四鼓頭的手影，這不是全部。這裏說的「影頭」是你行出去台的時候，打鑼師傅打響了鑼鼓，送你出台，但打到某個階段，你何時才叫打鑼師傅收鑼鼓？有幾個動作是可以運用，一個是攤手，是影頭，一個是落水袖，又是影頭，一個是握拳擊腕，又是影頭，一個是拉山，也是影頭。四個影頭夠用嗎？還未足夠！因為攤手多數是無可奈何，很憂愁才會攤手，但今日我很歡喜的行出台就不可以攤手。落水袖，我的戲服沒有水袖，不能落水袖。氣憤決斷才會握拳擊腕，但我的感情又不是這樣。拉山，這場是文場戲，又怎可以拉山。我舉個例子，賈寶玉着揸袖的衫，文場來的，四樣都不能用，如何是好呀？怎樣才可以收呢？其實「撮步」就是收的影頭，一做「撮步」的影頭，就表示我現在要收了，所以做演員一定要識，如何給影頭，哪處起鑼鼓，哪處收鑼鼓，其實是很重要的。

【坐（鑼鼓）】

很多人打鑼鼓配合埋位坐，例如京鑼鼓。很多打鑼師傅都以為配合演員在「撐」那一下坐下，其實不是，是在鑼尾那一下坐下。我們很多前輩都教過：「坐邊下？坐鑼尾！」甚麼叫做鑼尾？我們打完個鑼，那個鑼仍會響一段時間，等到鑼收音那一下，

即是在「撐」收音那一下坐下，不是在「撐」那一下坐下。這個是演員去遷就鑼鼓，打鑼師傅不用遷就演員，在鑼收音那一下，演員坐低就是正確了。

【發聲】

唱與唸，都與「聲」有關，「聲」就要有方法去發聲。我們以前師傅教落是「勒實個肚」，為甚麼要勒實個肚呢？我們是用肚力發聲，甚麼叫做「肚力」呢？即是用「丹田」發聲，聽得人一頭霧水。其實肚臍下方有一個穴道叫做「丹田」，那個穴實際在甚麼位置我也不太清楚，大約是小腹的地方，所以我們在肚臍附近，用一條闊的縐紗帶勒實，然後嗌聲，由「合士乙上尺工反六」逐個音嗌，嗌到盡，嗌晒把聲出去，有多大聲就嗌多大聲。第一，知道你自己把聲最大聲的時候是怎樣，你去搵自己把聲，如何去運用，這個叫做「嗌聲」，並不是你本來無聲，嗌到把聲出來，只是你有時把聲未出到去，你嗌吓嗌吓就會出到來，這個與先天條件當然有些關係，但不論你先天條件如何好，或是如何的壞，你也要嗌聲，現在大家對「嗌聲」好像不太注意，因為現在我們有了原子咪，掛在領上，細細聲唱都聽到。我們不是，我們戲曲感覺，細細聲唱是不能的，所以我們在唱唸之前，一定要嗌聲。

我不是一個聲樂的專家，我們的發聲方法和聲樂是有所不同，原因何在？因為我們有兩個原因不能採用聲樂的發聲方法。第一點，我們不能選擇「部」，因為學聲樂、學歌曲，老師一定為你選擇適合你唱的音階分部，如男中音、女高音、男低音、女低音之類的分部。我們哪裏有得分，你唱不到，就沒資格做演員，所以我們是任何音階都要唱到，不理你用甚麼的「聲」，所以我們是容許在台上用假聲，即是收窄把聲唱上去的假聲，我們是容許的。沒有一個人的聲線真的可以唱到最高及最低的音階，所以這是我們其中一個不能用得最自然的聲樂發聲方法的原因。第二，不能採用聲樂那種共鳴的發聲方法，聲樂大多數是唱旋律，不是將歌曲的字一個一個唱出來，他們是以旋律為主，字是副，字是混在旋律裏出來。我們是唱故事給人聽，必須一個字一個字彈出去，聲樂那套方法與我們又不是很吻合，所以有人說我們的唱法與學聲樂的完全不同。我們有我們的一套方法，好像用一個泵泵氣上去的方法，我們叫「丹田」，「收小腹」。為甚麼要勒實個肚？就是要讓你知道是否用了丹田位置的力，如果沒有東西勒實，或者初學，就不知自己正在用哪處的力。

其實理論歸理論，一定要多唱才能實踐，因為理論只是一些名稱。你學的時候，可以尋找不同的方式去鍛煉，但人類的聲音，基本只是震動聲帶發聲，就是這麼簡單，所有方法都是這樣發聲。有些老師會教你哪處用力，哪處提高些，哪處降低些，這個只是技巧。你一定要多唱，唱到自己順了，如果你整日掛着甚麼理論，唱的時候左想右想，基本你就不用唱。任何練習都是講求熟練，尤其是「聲」一定要首先嗌了把聲出來，嗌到它盡了，才知道不同力度的發聲有甚麼不同的效果，等如一架車，你用多少油，它會行多快，一定要自己去摸索。每架車都有一副機器，視乎你怎樣運用那副機器，每個人也有把聲，你怎樣運用自己把聲，怎樣找到自己把聲，這樣才是最重要。

【南派北派】

很多人質疑甚麼叫「南派」？甚麼叫「北派」？其實很簡單。我們從其他劇種學回來的就是「北派」，為甚麼會是「北派」？明明很多地方都在南面，因我們幾乎是在最南面，很多地方都在我們的北面，所以我們在京班學回來的，固然是「北派」，在其他很多劇種學回來的也都叫做「北派」。其實我們本身的傳統戲也不是我們自己的，因為廣東是無戲，我們是吸收其他劇種回來的。張師傅當時究竟是教甚麼戲？梆子戲？二黃戲？那時所教的當然不會視為「北派」，因為那些東西在廣東落地生根了幾百年，所以那些東西就變成我們「南派」的基礎，尤其是武術方面。我們是有很多「南派」的拳套在裏面，就算是打靶子，以揸槍那隻手計，我們是右手在前，左手在後。京班剛好掉轉，左手是前手，右手在後，這個是最大的分別。京班是花巧比較多，他們講求好看，順溜，「南派」講求

氣勢，一打出去，講求眼神、馬步，所以「南派」給人的感覺是硬橋硬馬，比較粗的，而京班比較幼細，比較花巧。

【大細位】

我們在台上很講求誰的身份應該站哪個位置，所以我們有大細位的分別。怎樣分大細位呢？第一，這場戲有沒有一個最大身份的人物在此，例如皇帝，沒有人可以與他抗衡，皇后都不可以與皇帝抗衡，於是他一定是站在中間位置，因為最大的位就是在中間。若果這場戲沒有一個這樣的人物，不一定是皇帝，相爺也可以，例如《再世紅梅記》的賈似道，一出來一定站中間位置，不會站其他地方的。例如兩夫妻出來，以前是男權社會，當然是丈夫站大位，妻子站細位。觀眾在台下望上來，右邊是大位，左邊是細位，如此類推，123456就會排成6、4、2、1、3、5，最細的位置就在最旁邊，越靠中間的越大。另外，一個皇帝，一個太監，那個太監站甚麼位呢？大太監站衣邊。如果一個皇帝在此，有個太監報上，他是站衣邊的。那豈不是大過個皇帝？當然不是，因為皇帝是在中間位置，如果太監上來，皇帝企側了就大件事，即是說太監是大位，皇帝是細位，所以凡是企中間的演員，一定要很仔細。台上十分注重大細位，但有時是容許例外的，例如兩邊人有爭拗，便

不能企去敵人那一邊，所以有些戲是例外的。

【口白】

凡是沒有音樂，又不是唱的，我們都叫做口白。口白有口古、白欖、詩白。如要再細分些，又有定場詩、報家門、浪裏白、攝白，這些都是再分得細碎的。我們有句説話叫做「千斤口白四兩唱」，當然這個形容好像很誇張，但口白其實是最重要的。我們很多時看戲，演員在唱完一句後，有時會講回一句同樣的口白，因為害怕唱的時候，聽眾聽不清楚，所以再交代一句口白，這個是重要性的問題。口白怎樣才講得好？為甚麼説講口白是比較難呢？因為難在沒有音樂，沒有鑼鼓，沒有節奏，當然有些時是鑼鼓口白，但都不是有叮板，節奏全部由自己掌握，強弱也是由自己控制。我們傳達給觀眾的最大的技巧就是強弱快慢，口白是發揮得淋漓盡致的。我舉一個例子，白七叔（白駒榮）在《琵琶上路》這張唱片裏，他是飾演張廣才，即是觀眾叫張大公那一位，他有四句詩白：「萬苦千辛需強忍，牙關咬緊你莫灰心，此去沿途需謹慎，休教老漢掛念遠行人。」其中的抑揚頓挫，節奏及高低位置，哪處發力，哪處不用發力，你便會明白口白是難講的。

【水衣水髮】

說到穿戴，演員自己不懂得如何穿着，做衣箱的人可以幫你着的，但你也要懂得如何給人幫你穿着。例如裏面有件水衣，即是最底層那件衫，你在束腰帶之前，必須要事前先鬆一鬆那件水衣，不要被它綁緊，如果綁緊了那件水衣，等同於墜着你個膊頭，你連手都舉不起，所以一定要鬆了那件水衣。還有很多時演員需要戴水髮出場，「水髮」這兩個字其實是外省來的，其實是「甩髮」，是解作掏的頭髮，不是有水的意思。那個是用來掏的頭髮，所以叫做「甩髮」。「水髮」是一條棍仔後面拖着長髮，如果做動作，那條水髮是可以放在後

水髮

面，你如何轉動它，如何運用它，都沒有問題，但是一停下來做文戲，水髮一定要擺在前面，如若不然，你頭頂上好像有支棍仔，觀眾不知道哪是甚麼東西，這個其實都是其中一個規矩來的。

【角帶】

我們常叫「蟒袍玉帶」，表示這個人是做官的。為甚麼我們稱玉帶為「角帶」呢？因為那塊鑲在帶上好像玉的東西，以前是用牛角做的，所以我們就叫它做「角帶」，其實真正來說是鑲玉才是正確的。以前流行用白玉鑲嵌，所以是白色，不是綠色的，現在則是用膠做。角帶原本是腰帶，為甚麼舞台上見到的角帶像呼拉圈一樣鬆泡泡的？其實中國的古畫，不是用直線去畫人像的，有少少向下圓來畫，這樣給人的感覺會較端莊，抱着玉帶的樣子很雍容。我們見到很多古畫，如某某人物像或皇帝像，你都會發覺畫中人的玉帶都是下圓的方式。我們是取材古畫的方式，很少人像畫裏有直線的，有少少飄逸，線條是圓的，不是直的。

【運用穿戴】

我們的穿戴除了泛指穿在身上的及戴在頭上的東西，還要講求運用。如何運用鬚口、背旗、板帶？最重要的是穿着、戴着去練習，如若不然，在舞台上便容易出岔子，因為有幾種東西是與你背道而馳，十分扭計的。如大靠的背旗，你想它去左，它就去右；短打那條板帶，你想它向前，它就向後，這些東西一定要穿戴着來感覺。如果你穿戴着來慢慢練，日日練，也許你不可以日日穿戴着練，偶然穿戴着來練也可以，但一定要穿戴着一段時間，不可以不穿戴着來練，如果不是，你在台上一定給它弄到出亂子，這個是很重要的。

【圓】

有很多老師教徒弟時講求一個「圓」，「圓」者即是連綿不斷的意思。有人說：「我扎架停了下來，怎樣可以不斷呢？」你的心及眼神不斷，人可以不動的。另一個「圓」是兩手的對稱，身段的對稱，一隻手高，一隻手低，就算兩隻手都舉高，兩隻手都是對稱的。這個「圓」字就要看你怎樣去理解，你怎樣去練習。

【給老師的話】

我是由一九五三年開始學戲，在這六十多年以來，我覺得自己經歷了一段很長時期，但我不明白現在為甚麼會變成這樣子？我們學戲的時候，起初老師教的東西，我覺得現在的學生是不懂的，但我亦理解的，因為現在和從前學戲是不同了。從前教的學生全部都是投身粵劇界的，即是說一定是專業演員，不會是出來玩票的。但現在與往時不同了，往時不窮都不學戲，現在無錢都學不到戲。師傅每個月收學費，如果徒弟或學生不感興趣，他們便不會再學，不學便沒有學費，這是我可以理解的。

我覺得很多基本的東西，一定要講出來，我知道很多老師是懂的，但很多學生又說老師沒有教，很可能是基於那些東西很沉悶，怕學生不會接受，於是不教。我覺得這方面應該平衡一下，我們教人的時候，都不會知他們將來是做職業還是業餘演員，如果做職業的，是否需要教得迫緊些，教得仔細些。我希望各位老師盡量灌輸多一些基本知識給他們，縱使他們是業餘的，總之對他們是有好處的，就盡量講多些基本知識給他們知道。

學基本知識當然較為沉悶，以前我們學唱，不會唱全首曲，唱來唱去都是那兩句。你想學基本唱功，就只有這個方法，但現在就可以平衡一下，一個小時裏有部份時間可以講些基本的東西，短短也好，因為怕學生會悶。我覺得做老師的，應該多些這樣的教法，好

示範片段 9-27

等學生他日出來，無論將來他是做職業或業餘，都可以識多些基本的東西，我想這樣對以後的延續才會較有幫助。

【尾聲】

講了做了一籃子的東西，到底大家理解了多少？懂得多少？學到多少？哪些有興趣？哪些沒有興趣？悉隨尊便！我們的責任是把學到的東西傳給下一代。大膽講一句，我的前輩、我的師父，大部份已仙逝了，現在我想報答他們，不是上一炷香，鞠一個躬，而是將他們所教的東西傳給下一代，這是我應盡的責任。

示範片段 9-28

附錄

【二】二零一五年十一月「粵劇生行身段要訣：電腦化自動評估與學習系統發展計劃」發佈會

左起：教大副校長（學術）李子建教授、教大榮譽院士兼香港八和會館副主席阮兆輝先生、教大文化與創意藝術學系系主任兼博文及社會科學學院副院長（學術質素保證及提升）梁寶華教授、及教大心理學系評估與評鑑講座教授及評估研究中心總監莫慕貞教授。

教大榮譽院士兼香港八和會館副主席阮兆輝先生分享了其數十年粵劇教學的經驗與心得以及對是次計劃的願景。

研究團隊將首次把 3D 肢體感應技術應用到傳統粵劇身段教學中，透過科技為本地粵劇的傳承及教學帶來革命性及突破性的發展。

「粵劇生行身段要訣：電腦化自動評估與學習系統發展計劃」研究團隊部份成員合照。

【三】二零一五年十二月「粵劇生行身段要訣」拍攝計劃

阮兆輝先生與高潤權、潤鴻昆仲合作無間，為計劃作唱腔示範及音樂拍和。

梁寶華教授及阮兆輝先生邀請了高潤權、潤鴻昆仲及何家耀老師參與計劃的拍攝工作。

陣容強大的工作團隊

【三】作者及編者簡介

作者

阮兆輝先生

阮氏為資深粵劇表演藝術家，七歲開始從事電影工作，初為電影童星，繼而踏上粵劇舞台。啟蒙老師為粵劇名宿新丁香耀，後拜名伶麥炳榮門下，又隨袁小田學習北派，從劉兆榮、黃滔、林兆鎏學唱，更精研廣東説唱之南音。

阮氏歷年獲獎無數，成就斐然。一九九一年榮獲「香港藝術家」年獎之「歌唱家年獎」，一九九二年獲頒授 BH 榮譽獎章，同年更應邀前赴倫敦，為英女皇作御前演出，二零零三年再獲香港藝術發展局頒發「藝術成就獎」，二零一二年獲香港教育大學頒授榮譽院士，二零一四年獲香港特別行政區政府頒授銅紫荊星章，表揚阮氏畢生致力推廣粵劇，栽培新秀，對粵劇承傳貢獻良多，二零一六年獲香港藝術發展局頒發「傑出藝術貢獻獎」，二零一七年獲香港電台頒發「戲曲天地梨園之最二零一六」最高榮譽獎項「梨園金鳳凰」，二零一九年榮獲「香港粵劇金紫荊」藝術成就獎。

著作方面，阮氏親自執筆撰寫的自傳「阮兆輝棄學學戲　弟子不為為子弟」，榮獲「二零一六年香港金閱獎（最佳文史哲書）」及二零一七「香港出版雙年獎」「藝術及設計類別的「出版獎」」。二零一七年著作「生生不息薪火傳——粵劇生行基礎知識」獲「二零一七年香港金閱獎（生活百科）」。

阮氏畢生與戲曲結緣，一九九八年與「國寶」裴艷玲合作演京劇，將他對粵劇以外的戲曲才華發揮得淋漓盡致。二零一三年以「血汗氍毹六十年」作為從藝六十年的主題，分別以「作品展」、「精選好戲」及「行檔展演」，上演連場好戲。演而優則編，近年評價甚高的《呂蒙正評雪辨蹤》、《文姬歸漢》、《大鬧廣昌隆》、《呆佬拜壽》、《瀟湘夜雨臨江驛》等劇，均是由阮氏執筆編寫及改編。阮氏在頻於演出之餘，一直致力推廣傳統戲曲，早於一九九三年創立「粵劇之家」，製作不少具藝術性的大型名劇，如《趙氏孤兒》、《十五貫》、《玉皇登殿》、《醉斬二王》等。

近年，阮氏致力於粵劇教育及承傳工作，經常在各大學及中學演講、主持學術講座、參予學術研討會及工作坊，把戲曲知識推廣至各學校，盼藉此培育下一代觀眾。阮氏更多次應各大學及香港八和會館邀請，教授戲曲及粵劇編劇課程。二零零一至二零零二年於香港大學音樂系擔任粵曲課程兼任導師，教授戲曲課程。二零零九年及二零一零年擔任香港大學校外課程與香港八和會館聯合主辦的《粵劇編劇課程》導師。二零一一年於香港演藝學院戲劇學院擔任碩士課程導師及香港八和會館與香港科技大學合辦的「粵劇藝術概論」課程擔任導師，把粵劇教育推廣至大專學界，教授學生基本粵劇元素、理論和知識。二零一零年及二零一一年分別應香港理工大學及香港教育學院邀請，出任駐校藝術家。二零一二年於香港大學專業進修學院（HKU SPACE）擔任「藝術評論證書」課程導師。二零一二年應香港八和會館邀請，擔任油麻地戲院場地伙伴計劃「粵劇新秀演出系列」的藝術總監至今。二零一八年及二零一九年應香港中文大學音樂系邀請，於香港中文大學教授「中國戲曲欣賞」通識課程。

為推廣粵劇、保留傳統文化及薪火相傳，阮氏自二零零八年開始擔任「暑期粵劇體驗營」藝術總監，主持專題講座及導賞活動，教授青少年各項戲曲知識。「暑期粵劇體驗營」於二零一一年、二零一二年、二零一三年及二零一六年均有舉辦，現時不少粵劇新秀都曾參加「暑期粵劇體驗營」。

二零一四年及二零一五年阮氏帶領多位專業精英分別到英國愛丁堡及荷蘭、比利時和意大利，演出舞台劇《戲裡戲外看戲班》。亦於二零一六年北京國際青年藝術節及二零一七年韓國首爾表演藝術博覽會演出此劇。二零一八年到訪新加坡國立大學，作文化交流演出，把香港本土粵劇藝術呈獻給世界多國的觀眾。二零一九年再次領軍，將《戲裡戲外看戲班》推廣至夏威夷及墨西哥。為推廣瀕危戲曲藝術，於二零一九年匯同粵劇曲藝界精英於「二零一九年中國戲曲節」演出《廣東四合院——大八音、説唱、廣東音樂、古腔粵曲音樂會》，好評如潮。

阮氏於二零一三年數度前往江西，拜訪當地資深戲曲研究家萬葉老師等人，探究粵劇「西皮」名稱的謬誤，翌年舉行「探索粵劇二黃腔之來源」發佈會，匯報研究成果，更正粵劇裏的「西皮」的錯誤名稱，為「西皮」正名為「四平」。二零一五年香港教育大學文化與創意藝術學系兼博文及社會科學學院梁寶華教授、心理研究學系評估與評鑑講座教授及評估研究中心總監莫慕貞教授、以及台灣國立台中教育大學郭伯臣教授聯手策劃「粵劇生行身段要訣：電腦化自動評估與學習系統發展計劃」，首次把3D肢體感應技術應用到傳統粵劇身段教學中，透過科技為粵劇的傳承及教學帶來革命性及突破性的發展。

阮氏現為香港中文大學音樂系客座副教授、香港八和會館副主席、一桌兩椅慈善基金有限公司藝術總監、香港作曲家及作詞家協會會員、香港康樂及文化事務署博物館專家顧問（粵劇）、香港八和會館油麻地戲院場地伙伴計劃「粵劇新秀演出系列」藝術總監、香港教育大學粵劇傳承研究中心顧問，香港粵劇學者協會「粵曲考級試（演唱）」首席考官，以及香港青苗粵劇團藝術總監。

編者

梁寶華教授

現任香港教育大學文化與創意藝術學系教授，及粵劇傳承研究中心總監。其領導的研究計劃「中小學粵劇教學協作計劃」，先後於二零一一年獲國際音樂議會頒發音樂權益獎及二零一二年獲教大頒發知識轉移獎。梁教授於多份國際知名學術期刊發表研究論文及編撰多部著作，曾多次獲香港研究資助局之優配研究金及優質教育基金以資助其研究。梁教授現任國際音樂教育學會候任主席（二零二零—二零二二）、亞太音樂教育研究論壇主席、《亞太藝術教育學報》總編輯、香港民政事務局轄下港台文化合作委員會委員、香港學術及職業資歷評審局教育及演藝學科專家、教育局香港卓越獎學金評審委員、香港演藝學院中國戲曲學院顧問、音樂事務處專業顧問、大埔藝術中心管理委員會委員、華南師範大學及東北師範大學客座教授及中國音樂家協會會員；曾任美國華盛頓大學訪問教授、國際音樂教育學會三屆理事及其轄下的兩個委員會主席：研究委員會與及學校音樂及教師教育委員會、行政長官卓越教學獎（藝術教育）評審委員會主席，及香港藝術發展局藝術教育顧問。梁氏先後獲香港中文大學文學士（音樂）及教育文憑，香港浸會大學文學碩士（音樂教育）及澳洲新南威爾斯大學哲學博士學位。

【四】工作團隊

策劃：阮兆輝先生

監製：梁寶華教授

贊助：香港教育大學 博文及社會科學學院

生行基本功示範：阮兆輝

毯子基本功示範：蔡之崴

南派基本功示範：阮兆輝、何家耀

龍套教材基本功示範：陳棨貴、詹浩鋒、吳立熙、張偉平、黃成彬、溫子雄、張潔霞、馮愛群、蕭詠儀、關惠心

韋馱架示範：吳立熙

擊樂及音樂拍和：高潤權、高潤鴻、高永熙、宋鍔、孫廸飛、梁淑妍、林楚欣、何嘉兒

北派靶子顧問：周振邦

工作人員：戲曲文化研習社——李夢蘭、蘇仲

香港教育大學文化與創意藝術學系——

吳振瑋、陳仲賢、鄭重言

香港教育大學評估研究中心——

林思明、郭嘉榮、陶潔瑩、朱金鑫

國立臺中教育大學——劉志勇

攝影、圖片提供：蘇仲

攝錄及剪輯：A & P Music、郭敬偉、何皓廉

服裝道具：藍天服裝公司

【五】鳴謝

書名題字：伍達僩女士

內頁題字：饒宗頤教授

序言文章：莫慕貞教授、鄭培凱教授

相關研究協作：郭伯臣教授

DVD 目錄（DISC 1）

第四章

做手 • 身段

（一）身段

- 4-1-1 腳法
  - 抬腿拿海青
  - 提海青
  - 坐（海青）
- 4-1-2 投袖
  - 回袖
- 4-1-3 帔風
  - 坐（帔風）
  - 行（帔風）
  - 抬腿拿帔風
- 4-1-4 報名（蟒）
- 4-1-5 玉帶角度
  - 玉帶坐相
- 4-1-6 提蟒（一）
  - 提蟒（二）

（二）馬

- 4-2 概述
  - 拉馬上馬
  - 落馬綁馬
  - 馬鞭繩
  - 收馬鞭
  - 馬鞭（馬鈴）
  - 馬鞭（拉馬）
  - 搖馬鞭（搖上手）

（三）抽象

- 4-3-1 開門關門
- 4-3-2 開窗關窗
- 4-3-3 上樓落樓
- 4-3-4 大霧、游水、摸黑、火攻

（四）道具

- 4-4-1 硬令
  - 交硬令
  - 交軟令
  - 押令
  - 大令下
- 4-4-2 牙簡
- 4-4-3 表章
- 4-4-4 聖旨
- 4-4-5 狀詞（告狀）
  - 狀詞（讀狀）
- 4-4-6 蠟燭
- 4-4-7 塵拂

第五章

龍套 • 程式

（一）龍套

- 5-1-1 龍套
  - 企棟
- 5-1-2 花門
- 5-1-3 穿三角
- 5-1-4 織壁
- 5-1-5 圓台開巷
  - 圓台開巷（連告狀）
- 5-1-6 開堂
- 5-1-7 迎接演出通病
  - 迎接（大開門迎入）（六國王）
  - 小開門（迎入）
- 5-1-8 登基
- 5-1-9 落馬（天姬大送子）
  - 上馬（天姬大送子）
- 5-1-10 一滾三標
- 5-1-11 落夾棍
- 5-1-12 點絳唇（一）（連四大將）
  - 點絳唇（二）
- 5-1-13 點將
- 5-1-14 祭旗及走蚺蛇
- 5-1-15 禾花出穗
- 5-1-16 行六波令牌子時要注意事項
- 5-1-17 大相思
- 5-1-18 鑼邊花
- 5-1-19 七槌頭
- 5-1-20 四星
- 5-1-21 二星
- 5-1-22 槓仆
- 5-1-23 入谷
- 5-1-24 敗上
- 5-1-25 打藤條（公堂）
- 5-1-26 打（蟠龍棍）（公堂）
- 5-1-27 打（文武槓）（公堂）
- 5-1-28 行勝位
- 5-1-29 行敗位
- 5-1-30 雙龍出水（京）
- 5-1-31 格住穿過
- 5-1-32 四門（手下）

（二）做功

- 5-2-1 綁仔
- 5-2-2 打仔（棍）
- 5-2-3 打仔（單藤條）

（三）打

- 5-3 手橋（一二三牛角槌）

（四）程式

- 5-4-1 排場 · 程式
- 5-4-2 魁星架
- 5-4-3 龍爭虎鬥
- 5-4-4 鳴金收兵
- 5-4-5 大戰

（五）韋馱架

- 5-5 韋馱架

第六章

唱腔基本功

DVD 目錄（DISC 2）

第七章

名家與名腔

第八章

粵劇基礎知識

第九章

學藝感言

本 DVD 適用於 Windows Vista / Windows 7 / Windows 8 / Windows 8 Professional / Windows 8.1 / Windows 8.1 Professional 作業系統及 DVD 播放器。

書　　名　生生不息薪火傳　粵劇生行基礎知識（附DVD）
作　　者　阮兆輝
編　　者　梁寶華
責任編輯　王穎嫻
美術編輯　郭志民
出　　版　天地圖書有限公司
香港黃竹坑道46號新興工業大廈11樓（總寫字樓）
電話：2528 3671　傳真：2865 2609
香港灣仔莊士敦道30號地庫（門市部）
電話：2865 0708　傳真：2861 1541
印　　刷　亨泰印刷有限公司
柴灣利眾街27號德景工業大廈10字樓
電話：2896 3687　傳真：2558 1902
發　　行　香港聯合書刊物流有限公司
香港新界荃灣德士古道220-248號荃灣工業中心16樓
電話：2150 2100　傳真：2407 3062
出版日期　2017年7月／初版
2021年2月／第二版

ISBN ： 978-988-8257-98-0